中公文庫

私の彼は腐ってる２

九条菜月

中央公論新社

目次

私の彼は腐ってる2

第一話　初夏の雪女

　緩《ゆる》やかな起伏《きふく》が続く登山道。五月初旬ということもあって、頬《ほお》を撫《な》でる風はすっきりと心地よかった。天気は一日を通して快晴《かいせい》。暑くもなく、寒くもない、絶好の登山日和《びより》といえよう。

　その登山道を白の登山用ザックを背負《せお》いながら、藤岡揚羽《ふじおかあげは》は黙々《もくもく》と歩いていた。

　服装《ふくそう》は黒のフリースに黄色のレインウエアを羽織《はお》り、ボトムスはグレイのタイツに黒のトレッキングスカート。それに登山専用のトレッキングシューズを履《は》き、日差し避《よ》けのベージュの帽子《ぼうし》を被《かぶ》っている。

　身長が低いため、どうしても初登山に挑《いど》む中学生のようにしか見えないのが難点だ。登山部のメンバーに交じっても、兄姉《きょうだい》について来た妹感が強くて複雑な気持ちになる。童顔に加え、化粧《けしょう》っ気《け》がないというのもそれに拍車《はくしゃ》をかけているだろう。髪をのばせば少しくらいうえに見られるのでは、と思っても、ついつい中途半端な長さに耐《た》えきれず、いつものショートボブに戻ってしまう。

前方には揚羽が所属する尾生鳩《おおばと》大学登山部のメンバーが数名、一列になって進んでいた。登山道をのぼりはじめて、はや二時間。時折、こちらを気遣《きづか》うように声をかけられるが、揚羽は返事をするだけで精一杯だ。メンバーは二年生が揚羽一人で、そのほかは三年と四年生があわせて八人。ほかにも部員はいるが、都合がつかずに欠席した者もいる。

揚羽が登山部に入部したのは、去年の十月頃。知りあいの先輩《せんぱい》から、「部活やサークルに入っておいたほうが、就職《しゅうしょく》の際のアピールになる」と聞いたのがきっかけだった。中途半端な時期の入部だが、一学期は授業に追われ、そこまでの余裕《よゆう》がなかったことが大きい。友人たちも部活やサークルに入っていない人のほうが多かったので、揚羽もそこまで重要視していなかった。

もともと体を動かすことが好きな揚羽が、熟考《じゅっこう》の末に選んだのが登山部であった。そのときにはすでに大半の山が閉山していたこともあり、本格的な活動は翌年に持ち越された。そのため登山に参加するのは、これがはじめてのことだった。

初登山に選ばれたのは、地元からバスで二時間ほどの場所に位置する、比較的初心者向けの山である。近隣の小学校でもよく学校登山で利用しているらしい。それを聞いて、小学生がのぼれるような山だったら楽勝だ、と軽く考えていた過去の自分を叱《しか》りたい。山頂まで片道三時間と聞いていたが、そのゴールは一向に見えてくる気配はなかった。

それほど急勾配《きゅうこうばい》でもないのに自然と息があがり、登山リュックが肩や背中に重くのしかかる。体力には自信があったのだが、これからは毎日、ランニングなどの運動を取り入れるべきなのかもしれない。

「はぁ……」

小さな溜息《ためいき》を一つ。もっと体力がつけば周囲の景色《けしき》も楽しめるようになるのだろうが、いまは集団から遅《おく》れないようについて行くだけで精一杯だ。

「藤岡さん、大丈夫？　ちょっと休もうか？」

「だ、大丈夫です！」

今日の登山は日帰りということもあって、スケジュールもだいぶ詰まっている。予定にない休憩《きゅうけい》は避けるべきだろう。先頭のほうから聞こえてきた声に、揚羽は精一杯、声を張りあげて応《こた》えた。本音は五分でもいいから、立ち止まって休憩したいところだが。

「水分の補給は忘れないようにね！」

「……はーい」

のどが渇いていなくても、定期的に水分を取るようにと口が酸《す》っぱくなるほど注意されている。外気温が低いと汗をかきにくいため、つい水分の補給が疎《おろそ》かになってしまうらしい。自分でも気づかないうちに脱水症、もしくは熱中症になっていた、なんてこともあるそうだ。

せっかく指摘《してき》を受けたのだから忘れないうちに、と揚羽は腰にさげていたドリンクホルダーから水筒を取った。立ち止まって蓋《ふた》を開け、ほどよく冷えたスポーツドリンクを飲む。

「あー、生き返る……」

自動販売機は出発地点である山の麓《ふもと》にしかないため、二口ほど飲んだらそれでお終《しま》いだ。水分の補給も大切だが、下山時のぶんも残しておかなければならない。むしろ、これから気温があがることを考えれば、可能なかぎり水分は残しておくべきだろう。

ふと視線《しせん》を横に向ければ、途切れた木々のあいだから美しい渓谷《けいこく》が見えた。新緑の季節ということもあって、どの木も色鮮やかな緑を湛《たた》えている。そのあいだを蛇行《だこう》するように川が流れ、時折、岩壁《がんぺき》に当たって白い飛沫《しぶき》があがるのが見えた。その清涼《せいりょう》感溢《あふ》れる景色に、重くのしかかっていた疲労《ひろう》感が軽減されたような気がする。

山頂まであと少しだ、と揚羽は自分を励《はげ》まし、隊列に戻るべく前方を見た。

「──あれ？」

誰《だれ》もいない。

山道は続いているのだが、そこに登山部の仲間たちの姿はなかった。集団から遅れてはいたが、それほど距離は開いていなかったのに。

「まずい、急がなきゃ」

仲間たちに迷惑《めいわく》をかけたくないからと、しんがりに立候補したのは揚羽自身だ。姿が見えないことに気づかれるまえに合流しなくては。幸い一本道なのでスピードをあげてのぼっていけば、すぐに追いつけるだろう。

しかし、その考えは数分後、脆《もろ》くも崩《くず》れ去ることになる。

「どっちに行けばいいんだろ……」

揚羽のまえには、左右にわかれた登山道があった。今回は今年はじめての登山ということで、初心者コースを行くとは聞かされていた。しかし、左右の道のどちらが初心者コースなのか、判断がつかない。もっと詳しく話を聞いておくんだった、と揚羽は肩を落とした。こういうときに限って、下山してくる登山者もいない。

「勘で行くか、誰かが戻ってきてくれるのを待つか……」

揚羽がいないとわかれば、誰かが捜しに来てくれるだろうことはわかっていた。しかし、それではあまりにもうしわけない。揚羽は腕組みし、左右の道を見比べた。右側の登山道のほうが緩やかそうに見えるので、行くとすればそちらだ。

「――どうかしたの？」

よし行くぞ、と足を踏みだしたときである。背後から声をかけられ、揚羽は振り向いた。

そこに立っていたのは、二十代半ばに見える女性であった。長い髪をうしろで一つにまとめ、服装はネイビーのベストにチェック柄のシャツとベージュのボトムスといった、シンプルないでたちだ。荷物は大きめの登山用ザックと、腰にさげたドリンクホルダーのみ。ベージュの帽子を深めに被り眼鏡《めがね》もかけているため目元はよく見えないが、代わりに口元にある二つのホクロが印象的な女性だった。身長は百五十二センチの揚羽よりも高く、百六十センチ以上はあるだろう。

「あなた一人？　お父さんかお母さんは？」

「えっと、親じゃなくて、一緒に来た登山部の先輩たちを見失ってしまったんです。追いつこうと思ったんですけど、右か左で迷っちゃって……」

「先輩さんたちはなにか言ってなかった？」

「今日は初心者コースを行くって」

「じゃあ、左ね。右側は平坦《へいたん》そうに見えるけど、五分くらいで急なのぼり坂になってるから、上級者向けになるの。間違いやすいんだよね」

女性の説明に、揚羽は勘で進まなくてよかった、と心の底から安堵《あんど》した。下手《へた》をすれば揚羽の不在《ふざい》に気づき、捜しに戻って来てくれるかもしれない登山部仲間とすれ違いになるところだった。

「一応、看板はあるんだけど、この時期は草が生《お》い茂《しげ》るから見づらくて」

そこ、と指差された場所を見れば、腰の高さまである草むらのなかに、木の板で作られた案内板が設置《せっち》されていた。

「先輩さんたちと合流できるまで、一緒に行きましょう。初心者コースは山頂まで一本道だけど、迷うこともあるから」

「え、でも……」

ありがたいもうしでだったが、揚羽はそれをそのまま受け取ることはできなかった。登山慣れした様子から考えると、この女性は上級者コースをのぼる予定だったのかもしれない。自分のためにコースを変えさせるのは、さすがに気が引ける。しかし、そんな揚羽の葛藤《かっとう》に気づいた女性が、くすりと笑った。

「気にしないで。この山は何度ものぼってるから、その日の気分でコースを変えることはよくあるの。みんなが心配してるかもしれないから急ぎましょう」

「あ、ありがとうございます！」

女性の斜めうしろにつく形で揚羽はふたたび歩きだした。時折、揚羽がちゃんとついてきているかどうか、振り返るように確認してくる。

「ここの登山道は整地されてるわけじゃないから、デコボコして歩きにくくてね。慣れないと余計に体力を消耗《しょうもう》しちゃうんだ。体力に自信がある人だって、山に慣れていないと辛《つら》いと思うよ」

「コツとかあるんですか？」

「これぱっかりは回数をこなしていくしかないよ。トレッキングポールっていう、スキーのストックみたいなものがわりとオススメかな。両手に持って、杖《つえ》みたいにして歩くやつ。重心が分散されるから、体力の温存にもなるし。ただ、バスや電車に乗るときに、荷物になるから嫌《いや》って人も多いんだけど」

「でも、楽になるんなら、使ってみたいです」

「あとは、荷物がちょっと多いのかも。今回、使わなかったものは次は置いてきてもいいんじゃないかな」

実に耳に痛い言葉だ。事前に必要な持ち物の一覧をわたされていたが、予備のタオルなど、備えあれば憂《うれ》いなしとばかりにあれこれ詰めすぎた自覚はある。今日の失敗を教訓に、次は気をつけよう。

「登山、お好きなんですね」

「まあ、仕事にするくらいだから。私、登山インストラクターをやってて、今日は気分転換《てんかん》にのぼりにきたの」

だから詳しいのか、と揚羽は納得《なっとく》した。しかし、登山インストラクターと口で言うのは簡単《かんたん》だが、実際はかなり大変な仕事だろう。揚羽なんてまだ山頂についていないにもかかわらず、すでにギブアップしそうになっているが、女性は淡々としていた。

「――あ。もしかして、あれじゃないかな」

会話をしながら進んでいると、女性がそう言って前方を指差した。そこには男女数名の集団が、一ヶ所で立ち止まり会話をしているところだった。揚羽に気づいた一人が声をあげる。

「よかった！　いま、戻ろうかって話をしていたところなんだ」

「ごめんなさい。気づいたら、だいぶ遅れちゃってて……」

「いいよ、いいよ。俺《おれ》たちに普通《ふつう》について来られてたから、大丈夫かと思っちゃって。こっちこそ、ごめんね」

三年の先輩が駆《か》け寄ってきたことを皮切りに、残りの面々も揚羽の周りに集まってきた。揚羽も気を遣ってむりをしていた自覚があるため、もっと素直《すなお》に休憩したいともうしでていればよかったと反省する。

「じゃあ、藤岡さんにはもっとまえにきてもらって――」

そういえばあの人は、と揚羽が首を巡《めぐ》らせると、すでにその姿は見当たらなかった。無事に合流できたことを見届け、さきに行ってしまったのかもしれない。結局、お礼を言いそびれてしまった。

――山頂に行けばまた会えるかも。

そのときは必ずお礼を言わなければ、と思った揚羽だったが、山頂についた頃にはもうそこには誰の姿もなかった。途中《とちゅう》ですれ違わなかったから、上級者コースを下山したのかもしれない。

登山インストラクターと言っていたので、登山部での活動を続けていれば、またいつかどこかで会えるだろうか。そのときこそは忘れずにお礼を言わなければ、と揚羽は心に決めたのだった。


三時間まえにセットしておいたタイマーがキッチンに鳴り響《ひび》く。テーブルに教科書を広げレポートをまとめていた揚羽は、パッと顔をあげた。そして、椅子《いす》にかけておいた青と緑のチェックのエプロンを身につけると、ドキドキしながら冷蔵庫《れいぞうこ》のドアを開ける。

「うまく固まったかなー」

様々な食材が並ぶなか、揚羽はパウンドケーキを焼くときに使用する銀色の型を取りだした。なかには寒天《かんてん》で固められたゼリー状のものが詰まっている。軽く揺《ゆ》すり完全に固まっていることを確認。冷蔵庫のドアを閉め、揚羽はそれをまな板のうえに置いた。それをひっくり返して、底の部分を軽く叩《たた》く。型をそっと持ちあげると、ぷるんと音をたて中身がでた。

色はどす黒く、とてもではないが食欲をそそる見た目とは言い難い。

「……やっぱり、味見しなきゃダメかな」

材料は寒天と牛の血だ。そこに調味料とスパイスを少々。寒天が混ざりやすくするために、ブイヨンをお湯で溶《と》いたものも加えてある。冷蔵庫に入れるまえに一度、味見をしておくべきだったが、見た目のインパクトから固まってからにしようと後回しにしてしまったのだ。

「ちょっとだけ……」

端を少しだけ切って、口に入れる。舌触《したざわ》りはやや固めのゼリーだ。味は悪くない。しかし、スパイスの香《かお》りのあとに、血液独特の鉄臭さがやってきて揚羽は思わず顔を顰《しか》めた。マズくはないが、テーブルに並んでいても食べたい料理でもない、というのが正直な感想だ。

「よし、とりあえず食べてもらおう」

揚羽はゼリー状のものを皿に移し、ふたたび冷蔵庫に戻した。それから、二人分の取り皿とフォークをテーブルのうえにだしておく。よし、と気合いを入れてエプロンをつけたまま廊下《ろうか》にでた。

揚羽が世話になっている星野《ほしの》家の屋敷はとにかく広い。宿題をしていたキッチンとは別にダイニングルームや、あまりの広さと豪華《ごうか》さにいまいち落ちつかないリビングルーム。応接室、図書室もあった。

唯一の身寄りである祖父《そふ》が亡《な》くなって、はや一年と半年。星野家にお世話になるようになって、あと数ヶ月ほどで一年を迎えることになるのだが、いまだにこの絢爛《けんらん》豪華な屋敷には慣れる気がしない。

「っていうか、土足《どそく》っていうのも理由の一つなんだよね……」

ネイビーのパーカに黄色のショートパンツ。それに黒のソックスと高校時代の運動靴を履いていた揚羽は、土足で室内を歩くことの違和感に溜息をついた。海外生活が長かった星野家の家主の意向だ。

リビングルームに顔をだした揚羽は、そこに日中は見かけることのない人物を目にして首を傾《かし》げた。

「伊織《いおり》さん。今日って診療所は休みだっけ？」

揚羽の声に反応して顔をあげたのは、ソファーに座って新聞を読んでいた三十代前半の男性だった。

星野伊織。

この屋敷の持ち主であり、揚羽の後見人兼許嫁《いいなずけ》だ。

自分に許嫁がいると知ったのは、十二歳のときだった。決めたのは祖父である。十歳以上も年上の男性と許嫁なんて、と普通は反発するところであるが、揚羽はわたされた写真を見て伊織に一目惚《ひとめぼ》れしてしまった。むしろ許嫁がこんな子供でいいのかと、悩《なや》んだくらいだ。

それから一度も会ったことはない。歳《とし》を重ねるにつれ、許嫁なんて本当にいるのだろうかと懐疑《かいぎ》的になることもあったが、揚羽は一途《いちず》に伊織を想い続けた。そして、去年の八月。フィンランドで暮らしていた伊織が揚羽と暮らすために日本に引っ越してきたことで、はじめて顔をあわせたのだった。

グレイのズボンに長袖《ながそで》のワイシャツというラフな格好《かっこう》の伊織は、新聞を畳《たたみ》みサイドテーブルに置いた。揚羽を視界に入れると、切れ長の目を細めはにかむように微笑《ほほえ》む。はっきりとした目鼻立ちと肉感的な唇《くちびる》は、誰が見てもイケメンの部類に入るだろう。口元のホクロがさらに蠱惑《こわく》的だ。身長もいまは座っていてわからないが、立ちあがると見あげなければならないほどに高い。小柄《こがら》な揚羽と並ぶと、まさに大人と子供だ。

「今日は土曜ですが、医療機器のメンテナンス日なのでお休みにしたんです」

「だったら声をかけてくれればいいのに」

「勉強に集中していたようなので。ところで、誰かお捜しでしたか？」

「あ、そうだった。リチャードさんと――」

言いかけたところで、揚羽の視線は伊織の左手付近に釘付《くぎづ》けになった。

「……伊織さん。腕、ないんですけど」

ワイシャツの肘《ひじ》からさきの布部分が、だらんと所在なげに揺れていた。その指摘に伊織は困《こま》ったように笑い、

「培養《ばいよう》がまにあわなくて。日本は湿気《しっけ》が多いと聞いていましたが、まさかここまで傷《いた》みが激しいとは思ってもいませんでした」

と、なんでもないことのように告げた。伊織の正体を知るまえだったら、揚羽は絶叫していたことだろう。

伊織の正体――それはゾンビだ。

この世のなかには、人間が知らないだけでモンスターや妖怪《ようかい》といった生き物たちが生息している。伊織のように人間社会に溶け込んで生活している者や、人里離れた山奥でひっそりと暮らしている者など、千差万別だが。

揚羽の祖父、藤岡重光《しげみつ》は日本全国を回り、その土地に伝わる民話や伝承を研究する民俗学者だった。祖父はまるで彼らが実在するかのように語っていた。それがまさか、本当に知りあいだったとは。

せめて伊織の正体くらいは教えておいてほしかったとは思うが、いきなり実はおまえの許嫁はゾンビなんだ、と言われても信じることはできなかっただろう。実際に伊織と会ってから、説明すればいいと思っていたのかもしれない。そのまえに祖父は病気で亡くなってしまったのだが。

伊織の正体を知っても、揚羽の想いは変わらなかった。むしろ、一緒に暮らすようになって、より好きになったくらいである。ゾンビといっても、人間を襲《おそ》うわけでもなく、見た目も人間となんら変わりない。ただ、肉体が腐りやすく、高温多湿の環境は苦手らしい。揚羽が伊織の正体を知ったのも、目のまえで傷んだ腕が千切《ちぎ》れたことがきっかけだった。もっとも、そのお陰《かげ》で伊織との距離を縮められたのだから、結果的には災《わざわ》い転じて福となすといったところだろう。

腐敗の激しい部分は、自分の細胞をもとに培養し定期的に交換《こうかん》しているらしい。以前、揚羽も見せてもらったが、丸い筒状の水槽《すいそう》に腕や足がぷかぷかと浮いている光景は、なかなかに衝撃《しょうげき》的なものだった。

「もう少ししたら、梅雨《つゆ》に入るけど、大丈夫？」

「エアコンの除湿機能だけではまにあわないと思い、除湿機を大量に注文しました。厳しいと感じたら地下で生活しますので、心配はありませんよ。あちらは気密性が高いので、湿度の管理も完璧《かんぺき》ですから」

星野家の屋敷のしたには、地下二階からなる建物が造られている。医師である伊織はそこで、妖怪やモンスターといった者たちを相手に診療所を開いているのだった。いまのところは完全予約制で、救急患者《かんじゃ》のみ臨時で受けつけているらしい。以前、フィンランドで開業していたときも、世界各国から患者たちが通院していたので、場所が変わっても閑古鳥《かんこどり》が鳴くようなことにはならないそうだ。

「あ、そうそう。リチャードさんとディアナちゃんを捜してるんだった」

「――お呼びでしょうか？」

気配もなく背後からかけられた声に、揚羽は悲鳴をあげて飛びあがりそうになった。それはすんでのところで堪《こら》えたが、心臓《しんぞう》が全力疾走した直後のように早鐘《はやがね》を打つ。

「もうしわけございません。気配を消すのは癖《くせ》でして」

慇懃《いんぎん》な態度で一礼したのは、星野家の執事《しつじ》であるリチャードである。見た目は六十歳ほどだが、正確な年齢《ねんれい》を聞いたことはない。彫《ほ》りの深い西洋人顔で、真っ白な髪をオールバックにし、レンズに少し色の入った銀縁《ぎんぶち》の眼鏡をかけている。その奥にある瞳《ひとみ》は宝石のように美しいエメラルド色だ。かなりの高身長で、仕立てのよい黒のスーツを着込んだ姿は、執事と呼ぶにふさわしい貫禄《かんろく》があった。

屋敷の管理だけでなく、料理や庭の手入れ、はては伊織が手術をおこなう際の助手まで、じつに幅広い分野で八面六臂《はちめんろっぴ》の働きをしている。また、伊織とともに外国暮らしが長かったにもかかわらず、日本語も堪能《たんのう》だ。

「ディアナは二階の清掃《せいそう》をおこなっておりますので、すぐ呼んでまいりましょう」

「掃除が終わってからで大丈夫ですよ」

「そろそろ休憩にしようと思っていたところですから、お気になさらずに」

そう言って、リチャードはリビングルームをでて行ってしまった。そして、一人の少女をともない戻ってくる。

リチャードの娘《むすめ》であるディアナは、星野家のメイドだ。癖のないまっすぐな銀髪をお団子《だんご》状に結いあげ、裾《すそ》の長い黒のワンピースに白いエプロンをつけている。瞳は父親と同じエメラルドグリーンで、肌も雪のように白い。アンティーク・ドールを思わせる美少女だ。

年齢は十九だが、六歳の頃に病《やまい》にかかり十年間、意識が戻らなかったらしい。そのため精神年齢はまだたったの九歳。会ったばかりの頃は口数が少なく、もしかして嫌われているのだろうかと心配していたのだが、年齢を聞けば納得である。また、環境が変わり緊張《きんちょう》していたというのも理由の一つだろう。

「あ、いま、なにかお飲み物を――」

「待って。キッチンはカーテンを開けたままにしてあるから。それに、ディアナちゃんとリチャードさんには用事があって。味見してほしい料理があるんだよね」

「味見、とは？」

いつも落ちついた表情を崩さないディアナの顔に、めずらしく困惑《こんわく》の色が浮かんだ。

「揚羽様。以前にももうしあげましたが、我々《われわれ》の主食は血液です」

「もちろん、知ってるよ」

ディアナとリチャードは吸血鬼《きゅうけつき》だ。日光に弱いため、星野家の屋敷は日中でも分厚い遮光《しゃこう》カーテンで閉め切られている。とはいえ、太陽光にあたっても肉体が灰《はい》になるようなことはないらしい。重度の火傷《やけど》を負うが、もともと吸血鬼は生命力と治癒力《ちゆりょく》が強いため、それですぐに死んでしまうことはないそうだ。

ニンニクと十字架も平気で、就寝《しゅうしん》も棺桶《かんおけ》ではなく普通のベッドで休むとのこと。主食は血液だが、人間の血はマズくてよほどのことがないかぎり飲みたいとは思わないそうだ。ディアナのお気に入りは国産牛の血で、定期的に美味《おい》しい血を飲むためにいずれ庭でブランド牛を飼育したいらしい。

リチャードはその反対で、濃厚な国産牛の血よりもあっさりとした飲み口の外国産のほうが好みだと言っていた。

「説明するよりも、実際に見てもらったほうがはやいから。待ってて」

揚羽は厨房《ちゅうぼう》に戻り、冷蔵庫から煮凝《にこご》りの入った皿を取りだし、ナイフと一緒にトレイに置いた。そして、準備しておいた皿とフォークも載《の》せる。それを持ってリビングルームへと戻り、ドキドキしながら三人のまえで煮凝りを皿に盛《も》りつけた。

「牛の血を使った煮凝りです」

それぞれソファーに座ったリチャードとディアナは、差しだされた皿を物珍《ものめずら》しそうに見つめる。

「いつも私たちが飲んでいる血をわけてほしいとおっしゃっていたのは、これを作るためでしたか」

「ネットで購入できればよかったんですけど、なかなか売ってなくて」

昨夜のうちにリチャードに頼み、冷凍されている牛の血を一食分わけてもらったのだ。驚《おどろ》かせたかったので用途は秘密にしていたのだが、どうやらその目論見《もくろみ》は成功したらしい。

「スパイスとブイヨンをちょっとだけ入れて、ゼラチンで固めてみました。血が材料だったら固形物もいけるんじゃないかと思って」

以前、ディアナから聞いた話だと、吸血鬼の主食は血液だが、液体であれば摂取することは可能らしい。しかし、なんの栄養にもならないため、積極的に血以外のものを飲んだりすることはないとのこと。

また、固形物の場合は消化不良を起こし、具合が悪くなってしまうそうだ。元が液体であるものを固めたゼリーのようなものであれば問題はないが、おかゆのように元が固形物だったものの場合は体が受けつけないと聞いている。

「念のためスパイスは香りづけだけで、固めるまえに取り除きました。ブイヨンも液体タイプを使用してるけど、ダメそうだったらむりしないでくださいね」

「いえ、おそらくは大丈夫でしょう」

じっと父親の横顔を見ていたディアナも、小さく頷《うなず》いてフォークを握りしめた。いつも血を飲んでいる彼らにとって、咀嚼《そしゃく》するという行為ははじめての経験だろう。

フォークで一口サイズに切りわけた煮凝りを、二人は同時に口に運んだ。揚羽にとっても緊張の一瞬である。

「……不思議な感覚ですね」

煮凝りを嚥下《えんげ》したリチャードは、はじめての食感に思案げにつぶやいた。ディアナはなかなか飲み込むタイミングがわからないようで、未《いま》だに口をもごもごと動かしている。

「私が苦手とする国産牛の血ですが、スパイスのおかげでじつにあっさりしている。味も悪くありません。私はもう少しスパイスが多めでも問題ないくらいです」

そこでようやく口のなかのものを飲み込んだディアナが、やや興奮《こうふん》気味に告げる。

「美味しいです！　食べるというのは、このような感じなのですね。味も、いつも飲んでいる牛の血なのにまったく違います。もっと美味しい血で作れば、もっと美味しくなるのではありませんか？」

ディアナは瞳をキラキラと輝《かがや》かせた。どうやら、彼女には思っていた以上に好評だったようだ。

「喜んでもらえたならよかった」

元が液体とはいえ固形物なので体が受けつけない可能性も考えられたが、幸いなことに体調に変化はないようだ。ディアナは残りの煮凝りを嬉《うれ》しそうに食べているし、日本に来てから料理に目覚めたというリチャードは、真剣《しんけん》な眼差《まなざ》しで味を吟味《ぎんみ》するように咀嚼している。

普段から二人には世話になっているので、なにかお礼ができないかと考えた結果が、彼らの主食である牛の血を使った料理だった。これはあくまでも試作品《しさくひん》のため、今後も改良を重ねていくつもりである。

「揚羽さん」

リチャードたちが料理を食べているあいだ、ずっと沈黙《ちんもく》を貫いていた伊織が、穏《おだ》やかな笑みで揚羽の名を呼んだ。

「私にも煮凝りをいただけますか？」

「え、でも……伊織さんは食べられないよね？」

――なぜなら、胃がないから。

内臓系は肉体のなかでも一番、腐りやすいため、伊織は必要がないと判断した臓器を自ら摘出してしまったらしい。そのため彼は点滴で栄養を補っていた。さすがに点滴を手作りする自信はない。

「揚羽さんの手料理です。根性で消化してみせましょう」

「そもそも消化できる器官がないんだから、むりでしょ。お腹《なか》を壊しちゃうよ」

「いえいえ、私はゾンビですよ？　お腹を壊す、という概念《がいねん》すらありません」

そう言うなり伊織は、取りわけ用に使っていたフォークで、型に残っていた煮凝りを切り取ると、制止するまもなく飲み込んでしまった。

「ふむ。なかなか斬新《ざんしん》な味ですね」

「伊織さん！　はやくだして！」

「むりです。もう飲み込んでしまいました」

あっけらかんと笑う伊織に、揚羽は怒る気力も薄れてしまった。

「次の料理も食べさせてくださいね」

「消化できないんだから、体内で腐ったら大変じゃない」

「私はもともと腐っているようなものですから、問題はありません」

伊織にしては珍しく頑《かたく》なだ。本人は大丈夫だと言い張っているが、どこまで信用していいものか、判断に困る。

「でも、できれば次は、私だけのために作ってほしいものですね」

熱の籠もった眼差しで見つめられ、揚羽は自分でも顔が赤くなるのがわかった。そりゃ、伊織さんのために手料理を作ることはやぶさかではないけれど、と思う。しかし、胃がない以上、普通の料理をだすことはできない。

——これは本格的に、点滴の作りかたを調べるときがきたか。

ネットで検索《けんさく》しても、残念ながらヒットするのは、飲む点滴といわれている経口補水液の作りかただ。点滴を製造しているメーカーに電話したところで、製造方法を教えてくれるとは思えない。

もしかしたら、伊織は自分用の点滴を自作している可能性もあるので、最終手段として本人に訊《き》くという手もある。しかし、それではサプライズ効果が薄れてしまうので、あまり気は進まなかった。

悩みつつも、残りを狙《ねら》ってくる伊織から煮凝りを死守していると、タイミングよく伊織のスマートフォンが着信を知らせるメロディを奏《かな》でた。

「おや、この番号は――はい、星野です」

一瞬、訝《いぶか》しげな表情を浮かべた伊織だったが、二言、三言しゃべるうちにその表情が引き締められた。すぐに通話を切って、スマートフォンを胸ポケットにしまう。

「急患です。リチャード」

「かしこまりました。ディアナ、屋敷のことは頼みましたよ。揚羽様。せっかくの手料理でしたが、じっくりと味わうことは叶《かな》いませんでした。もうしわけありません」

「残りは冷蔵庫に入れておきますから、あとでゆっくり食べてください。ただし、絶対に伊織さんにはあげないでくださいね」

「ありがとうございます」

そう告げると、リチャードは伊織に続いてリビングルームをあとにした。揚羽が知るかぎり、救急患者が運ばれてくるのははじめてのことだ。

「あの、揚羽様……」

「なに？」

「で、できれば、もう一切れほどいただければ、と……」

もじもじと俯《うつむ》きながら、ディアナは恥《は》ずかしそうに告げた。よほど煮凝りの味と食感が気に入ったらしい。試行錯誤しながら作った甲斐《かい》があるというものだ。もちろん、と揚羽は笑顔で応じた。

「牛の血を使った料理は、他にもあるのでしょうか？」

「ネットで調べたら、世界各国に色々とあったよ。有名なところだと、家畜の血を固めた中国の血豆腐とか、ソーセージに豚の血を混ぜたドイツのブルートヴルストとかかな。血液は鉄分が豊富だから、場所によっては大事な食材扱いだったみたいだね」

「では、もしかしたらこの煮凝りの他にも、私たちが食べられる料理があるかもしれないのですね？」

「料理の幅は狭《せば》まっちゃうと思うけど、あるんじゃないかな」

「父からネットの使いかたを学びます」

リチャードは料理を作ることに熱中しているが、娘のディアナは食べることのほうに興味《きょうみ》が向いているようだ。伊織は食事をしないし、ディアナたちも一日コップ一杯の血を飲めば充分なので、揚羽が食事を取るときはいつも一人だった。この調子でいけば、彼女たちと食卓を囲む日もくるのでは、と密《ひそ》かに楽しみに思った。

「取りわけは、自分で」

「いいって。たまには私にも給仕をさせてよ」

揚羽は煮凝りが入ったトレイから、さきほどよりもやや大きめに切りわけたものを皿に盛る。それを、恐縮した顔つきでソファーに座っているディアナのまえに置いた——

その瞬間、テーブルに置いてあった揚羽のスマートフォンが振動する。

「あ、伊織さんだ。どうしたんだろ」

なにか忘れ物でもしたのだろうか、と通話の文字をタップする。

「もしもし？」

『すみません、揚羽さん。そこにディアナはいますか？』

「いるよ。替わる？」

『いいえ。冷凍庫《れいとうこ》にある氷をビニール袋に入れて持ってくるように伝えてください。量は、あるだけお願いします』

「了解」

通話を切ると、話が漏《も》れ聞こえていたらしいディアナが、すでに行動を起こしていた。握っていたフォークを置くと、すばやく厨房に向かう。そこに併設《へいせつ》されている貯蔵室のドアを開け、業務用の冷凍庫からスーパーで売っている氷の袋を三つ取りだした。そして、厨房の冷凍庫からも氷を取りだし、手際よくビニール袋に詰めていく。

「氷を運ぶの、私も手伝うよ」

「いえ、私一人で充分です」

「でも、両手が塞《ふさ》がっちゃうんじゃない？」

地下にある診療所に行くには、いくつかのドアを通らなければならないし、星野家の住人以外が入れないように暗証番号が必要な場所もある。その都度、両手に抱えた氷を降ろしていたら、数分とはいえタイムロスになってしまうだろう。

「……もうしわけございません」

「謝る必要なんてないよ。私はやりたくてやってるんだし」

「はい。とても助かります」

ディアナは両腕で、数キロはありそうな市販の氷袋と、氷がぎっしりと詰められたビニール袋を持つ。そして、まったく重さを感じさせない足取りで歩きだした。吸血鬼は身体的能力が高いため、この程度は苦にもならないのだろう。私も持とうか、と言いだしかけた揚羽だったが、それよりも扉を開けることに専念したほうが効率がよさそうだ。

「そういえば、診療所には一階からも行けるように改築したんだよね」

「はい」

地下にある診療所に行くには、屋敷の裏にある雑木林——その奥に隠されるようにしてひっそりとたたずむ出入口を通るか、二階の伊織の部屋から階段を降りるかの、どちらかしかない。いままでは診療所に行く用事があるたびに伊織の部屋を通っていたが、さすがに主人の寝室《しんしつ》を通り抜けることには抵抗がある、とリチャードから提案《ていあん》があり、一階奥の用具室に階段と繋《つな》がる扉が増設されたのだった。

「用具室の管理には一段と気を遣わなければならなくなりましたが、手が空《あ》いたときにすぐ掃除に行けるのでとても重宝《ちょうほう》しております」

「わざわざ伊織さんの部屋に行ってとなると、けっこう手間だもんね」

玄関《げんかん》から続く廊下を突きあたりまで進むと、左側に用具室と書かれたプレートがさげられたドアがあった。

用具室に入るのははじめてだ。ドアを開け、室内の電気をつける。なかは窓のない四畳ほどの広さだった。右手側には棚《たな》があり、そこには雑巾《ぞうきん》や液体洗剤、ワックスの缶などの清掃用品が並べられている。床には大小四種類もの掃除機の他に、背負って使うタイプの高圧洗浄機、床磨《ゆかみが》き用の電動フロアポリッシャーなど、一般家庭では滅多にお目にかかれない清掃用具も置いてあった。

「すごい。本格的だ」

「すべて父のこだわりの品です」

地下へと続くドアは、棚の脇《わき》にあった。棚の陰になっているため、出入口からはドアが見えない造りになっている。鍵《かぎ》はどこだろうと首を巡らせると、地下へと続くドアの横にぶらさがっていることに気づいた。

「この鍵でいい？」

「そちらはダミーです。鍵穴に差し込んだ瞬間、警報が鳴って屋敷側のドアがロックされる仕組みになっています」

「ひぇ！」

鍵を手に取った揚羽は、慌《あわ》ててそれを元の場所に戻した。

「ダミーはもう二個、本物であるかのようにほかの場所にも隠されています」

「じゃあ、本物の鍵は？」

「指紋《しもん》認証です」

そう言って、ディアナは右手に持っていた氷入りの袋を床に置くと、取っ手をつかんだ。すると、カチッと鍵の開く音が響く。壁にかけられた鍵は、ダミーのダミーというわけだ。その正解は指紋認証というのだから、侵入者も哀れなものである。もっとも、そのような不届き者はいないに越したことはないのだが。

「揚羽様は登録されておりませんので、診療所に行く場合は私か父、旦那様《だんなさま》にお声かけください」

「了解」

もっとも、よほどの用事でもない限り、揚羽が地下の診療所に行くことはないだろうが。ふたたび氷が入った袋を持ちあげたディアナに替わり、揚羽がドアを手前に開ける。そこには、螺旋《らせん》階段が地下へと続いていた。

窓のない筒状の空間ということもあり、電気はついているのだが、カーテンを閉め切った屋敷内よりもだいぶ薄暗《うすぐら》い。換気ができないせいか、心なしかカビ臭く空気もよどんでいるような気がした。

「足下に気をつけてね」

「はい」

揚羽を先頭に地下一階まで降りると、そこには訪問者を阻《はば》むかのような鉄製のドアが立ちはだかっていた。扉に取りつけられた数字のみのテンキーボードに、暗証番号を入力する。こちらは定期的に変更されるシステムになっているため、ディアナからいまの番号を聞いて入力する。

カチリ、と音がして、重厚なドアが開いた。

室内の眩《まぶ》しさに、一瞬、揚羽は目を細めた。ドアが通じていたのは、星野医院の待合室である。できれば直接、患者の目に触れない場所に造りたかったようだが、建物の構造上、待合室の一角に繋げるしかなかったらしい。

来訪者用の長椅子が二列並べられ、壁際には予備の丸椅子も積みあげられている。清掃はリチャードとディアナがおこなっているため、床は鏡のように磨かれ、隅にも塵《ちり》一つ見当たらない。

「あ、どこに持って行けばいいのか聞き忘れちゃった」

「おそらくは診察室かと」

一度、伊織から診療所内を案内されたことがあった揚羽は、迷うことなく診察室のドアを開けた。

「あれ？　誰もいない……」

六畳ほどのスペースには、横になって診察するための簡易ベッドに、パソコンが置かれたデスクと、二脚の椅子しかなかった。椅子は壁際に片づけられ、使われた形跡はない。

「揚羽様。あちらから物音がします」

人間よりも優れた吸血鬼の聴覚が、微《かす》かな物音を感知したらしい。廊下にでたディアナは、迷うことなく音のしたほうへと向かう。そこにあったのは浴室だった。なかに誰かがいるようで、スライドタイプのドアが半開きになっている。

「なんでお風呂？」

「もしかしたら、急患は水生の方なのかもしれません」

人魚や河童《かっぱ》といった、陸上では生活しづらい種族もいる。水生種族専用の、大きな水槽が設置してある病室もあるくらいだ。

「なるほど。伊織さん、氷を持ってきたよ！」

ドアを開けると、洗面所があった。洗面台と、脱いだ服を入れるカゴが置いてある。壁際に取りつけられたラックにはタオルが数枚、積まれていた。浴室へと続く半透明《とうめい》のスライドドアを開けると、ちょうど白衣を着た伊織の背中が見えた。室内にはリチャードもおり、バスタブに両腕を突っ込むような形で膝立《ひざだ》ちになっている。

「揚羽さん？」

ここにいるはずのない揚羽の姿を見て、伊織が驚いたように目を見開いた。

「ごめん。量がいっぱいだったから」

本来ならば、関係者ではない揚羽が伊織の許可なく立ち入れる場所ではない。緊急事態ということなので、大目に見てもらおう。ディアナが両腕に抱えている氷の山を見て、伊織も得心がいったようだ。苦笑して、「ありがとうございます」と告げる。

「袋を開けて、氷をバスタブに入れてください」

「私も手伝う」

しかし、氷を入れるためにバスタブを覗《のぞ》いて、揚羽はぎょっとした。

なかに二十歳代半ばの女性が横たわっていたからだ。服装は半袖のTシャツにジーンズと軽装だ。化粧っ気はなく、長い髪がサイドで一つに束ねられている。瞼《まぶた》は閉じられ、頭はリチャードによって支えられていた。意識がないのは傍目《はため》からでもわかった。

その女性が氷水に浸《つ》けられていたのだ。

ディアナが持ってきた氷を、伊織は躊躇《ためら》いなくバスタブに追加する。硬直《こうちょく》していた揚羽に、伊織は手を休めることなく言った。

「彼女は雪女です。熱中症なので、とにかく体を冷やさなければなりません」

理解した瞬間、揚羽もディアナから氷の袋を受け取りバスタブに投下する。みるみるうちに水位があがり、女性はリチャードに支えられている頭部以外は氷水に浸かった状態になった。見ているだけで体が凍えてしまいそうで、揚羽は身震《みぶる》いする。

持ってきた氷をすべて入れ終えたあと、伊織は女性の手首を氷水のなかから引きあげ脈を確認した。

「……よかった。正常な脈拍に戻りつつあります。しばらくは、このまま体を冷やし続けましょう。今日は入院してもらおうと思いますので、ディアナは部屋の準備をお願いします。病室のエアコンも一番低い温度に設定しておいてください」

「かしこまりました」

一礼して、ディアナは病室を整えるべく、浴室をでて行った。

「私は点滴の準備をします。揚羽さんは、もう戻られて大丈夫ですよ」

「伊織さんが戻ったら、うえに行く。リチャードさんは両手が使えない状態だから、なにかあったら大変でしょ」

　リチャードは女性の頭を支えているため、その場から動くことはできない。揚羽は医学的な知識はないが、伊織を呼びに行くくらいのことはできる。

　少し思案したあと、伊織も自由がきく揚羽をここに残したほうがいいと思ったのだろう。「お願いしますね」、と言って浴室をでて行った。揚羽は邪魔にならないよう、壁際に寄ってリチャードに話しかける。

「いまの時期でも、熱中症なんてなるんですね」

「この方は種族が種族ですので。我々にとってはちょうどいい季候でも、真夏のような暑さに感じられるのかもしれません」

「雪女でしたっけ。でも、見た目は普通の――」

　人間、と続けようとした揚羽は、あらためて女性の顔を見て首を捻《ひね》った。初対面のはずなのに、どこかで見た覚えがある――それも、ごく最近。

　既視感《きしかん》に襲われ、揚羽はしげしげと女性の顔を見つめた。

　額《ひたい》から瞼、鼻、そして唇と確認し、その口元にホクロがあることに気づく。

「――そうだ、登山のときの」

　思いだした。揚羽が登山部の仲間たちとはぐれ、道に迷っていたとき、声をかけてくれた女性だ。

「どうかしましたか?」

「いえ、なんでもないです」

　仲間を見失って道に迷いそうになっていたことは、心配をかけたくなかったので伊織たちには報告していなかった。まさかあのとき、助けてくれた女性が人間じゃなかったなんて。

「意識が戻らないけど、大丈夫なんですよね？」

「そこまで深刻な状態ではありませんよ」

揚羽の質問に答えたのはリチャードではなく、点滴のパックやスタンド、点滴台などを持って戻って来た伊織だった。

「ここ数日は気温が高かったので、もともと体調を崩していたのかもしれません。体をしっかりと冷やして安静にすれば回復するでしょう」

言われてみればここ数日、全国的に真夏日が続き、大学でも早々とエアコンが可動していた。ニュースのお天気コーナーでも、こまめに水分補給をするようにと言っていた気がする。

「できるだけ冷やしたほうがいいんだよね。氷が足りないなら買ってこようか？」

冷凍庫の氷ができるまでには、まだ時間がかかる。日中なので、リチャードとディアナは買い物にはでかけられないだろう。

「いえ、それはもう頼んであります」

「頼むって誰に？」

「この方——氷見弥生《ひみやよい》さんを運んできた江崎組《えざき》の方々に」

「へぇ……って、江崎組の人なの？」

江崎組とは、星野家がある場所を含《ふく》めた近隣の土地を代々縄張《なわば》りとする、妖怪の集団である。暴力団《ぼうりょくだん》やヤクザとは違い、彼ら妖怪たちが人間社会で生きるために、自然と構築されたコミュニティーのようなものらしい。

組の傘下《さんか》に入れば、衣食住の保証や仕事の斡旋《あっせん》などの面倒を見てくれるうえに、揉《も》め事《ごと》に巻き込まれた場合の仲裁《ちゅうさい》など、親身になって世話をしてくれるそうだ。一方、〝人間、妖怪にかかわらず他人に危害を加えない〟〝人間に擬態《ぎたい》できない種族は、人前に姿を見せない〟等の制約もあり、破った場合にはそれなりの罰《ばつ》や縄張りから追放されることもあると聞く。

伊織は傘下に入るつもりはなく、挨拶《あいさつ》だけをして、深いつきあいは断ったらしい。もともとより亡くなった先代組長が伊織の元患者だったそうで、現在の組長との関係は良好だと聞いている。

「私も詳しくは聞かなかったので、なんとも——ああ、ちょうど戻って来られたようですね」

急に廊下が騒《さわ》がしくなり、両手に大量のビニール袋をぶらさげた三人の男性が、狭い浴室に雪崩《なだ》れ込むようにして駆け込んできた。

「スーパーの氷、買い占めて来た！」

「江崎君？」

「うえっ、なんで藤岡がここに……！」

のけぞるようにして驚きをあらわにしたのは、江崎雪生《ゆきお》。揚羽の大学の同級生である。健康的な小麦色の肌に、短くカットされた髪。身長は百七十センチほどで、絵に描いたような好青年振りだ。性格も明るく社交的で、大学でも男女を問わず人気がある。

そしてなによりも。

〝江崎〟という苗字からもわかるように、彼は江崎組組長の七番目の息子《むすこ》でもあった。といっても、雪生自身は人間である。赤ん坊の頃に拾われ、組長夫婦の養子として迎えられたらしい。うえに六人の兄姉がいるが、関係も良好だと聞いていた。

ロゴの入った黒のTシャツに、ダメージジーンズを穿《は》いた雪生は、揚羽を見つめて目を白黒させている。

「氷を持って来てくださったんじゃないですか？」

そう言って雪生のうしろから顔を覗かせたのは、横にも縦にも大柄な男性だった。年齢は二十代後半。たれ目気味で愛嬌《あいきょう》のある顔立ちに、雪生とは比べものにならないくらい大量の汗を滲《にじ》ませている。上下とも黒のスーツを着込んでいるため、余計に熱が籠もっているのだろう。その汗をハンカチで拭きつつ、男性は頭をさげた。

「どうも、お久しぶりです。内島《うちじま》です」

「おい、お前は廊下で待ってろ。お前の図体のせいで、部屋が狭いんだよ！」

「あ、すまん檜山《ひやま》」

内島とドアに挟《はさ》まれる形で抗議《こうぎ》の声をあげたのは、檜山と呼ばれた男性だった。身長は普通だが、体は内島の半分もない。枯れ木を彷彿《ほうふつ》とさせる細さである。目は糸のように細く、斜めにつりあがっていた。檜山も上下とも黒のスーツを着ているのだが、汗ひとつかくことなくいたって涼《すず》しげに見える。二人とも髪《かみ》は短髪で、前髪をオールバックにしてまとめていた。

二人とも江崎組の組員で、人間ではない。内島が化《ば》け狸《だぬき》で、檜山は化け狐《ぎつね》。去年の十一月、揚羽が江崎組にまつわる事件に巻き込まれたときに、知りあった相手だった。顔をあわせるのは、そのとき以来である。

「わかった、わかった」と言って、内島はその巨体を揺らしながら廊下に移動した。

「お久しぶりです」

きっちりと頭をさげる檜山に、揚羽も慌てて「こちらこそお久しぶりです」と頭をさげた。檜山は買ってきた氷の袋を持ちあげ、伊織に訊ねる。

「これも追加しますか？」

「一袋だけください。ほかは交換用に冷凍庫で保管しておきます」

氷の袋を受け取った伊織は、洗面器に氷をあけると、そこに点滴パックを入れ冷やしはじめた。

「それで、氷見のお嬢《じょう》さんの具合はどうですか？」

檜山が神妙な顔で、氷水に全身を浸けながら眠り続ける弥生の顔を覗き込む。伊織は慣れた手つきで点滴の準備をしながら説明した。

「体を冷やしたことで脈拍はだいぶ正常なものに戻りましたが、今日は大事を取って入院していただきます。貧血の症状が見られるようなので、血液検査もおこなったほうがいいでしょうね。それで何事もなければ、明日には退院できますよ」

「そうですか。ありがとうございました。医療費の請求は、江崎組にお願いします」

「わかりました。入院するにあたって、いくつかの書類にサインしていただくことになるのですが、身内の方はいらっしゃいませんよね？　代理で、檜山さんか内島さんのどちらかにお願いできますか？」

「では、自分が」

「わかりました。いま準備します」

そう告げると、伊織は点滴の準備を中断し、慌ただしく浴室をでて行った。普段であれば、伊織とリチャード、それにディアナの三人で充分に星野医院を回せているのだが、こういう有事の際にはどうしても手が足りなくなってしまう。伊織は事務員や看護師を雇いたいと思っているが、なかなか適当な人材が見つからないようだ。

二人のやりとりを眺《なが》めていた揚羽は、壁際に立っていた雪生に話しかけた。

「ねえ、江崎君。氷見さんて江崎組の関係者なの？」

「祖母《ばあ》ちゃんと弥生さんのお祖母さんが友人同士でさ。弥生さんは仕事柄、山の近くで暮らしてるんだけど、街に用事があって、ここ一ヶ月くらいうちで暮らしてたんだ。それで――」

「雪生坊ちゃん。個人の情報ですので、そのあたりで」

檜山が雪生の台詞《せりふ》を遮《さえぎ》るように、やんわりと釘を刺《さ》す。

「わ、わかってるよ。っていうか、坊ちゃんって呼ぶなって言ってるだろ」

雪生は恥ずかしそうに頬を染め、檜山を睨《にら》みつけた。檜山と内島は、雪生を幼い頃から知っているので、その気安さもあるのだろう。さすがにこの年齢で「坊ちゃん」呼びは恥ずかしいよね、と揚羽は内心で雪生に同情した。

そこに、書類を手にした伊織が戻って来る。

「書類はこちらになります。待合室に机を準備しておきましたので、そちらで署名してください」

「わかりました」

数枚の用紙を受け取った檜山は、入れ替わるようにして浴室をでて行った。

一方、伊織は点滴パックが充分に冷えたことを確認すると、点滴用スタンドにぶらさげ、弥生の右腕を氷水から取りだした。タオルで水滴をきれいに拭《ふ》き、バスタブと同じくらいの高さに調節した注射台にベルトで腕を固定する。

そして、消毒液を染みこませたコットンで腕を拭くと、慣れた手つきで点滴の針を刺す。点滴が落ちる速度を調節し、洗面器に残っていた氷をバスタブにあけた。

「これで体もだいぶ冷えるでしょう。あとは意識が戻ってくれればいいのですが――」

伊織がそう言ったとき、弥生の睫毛《まつげ》がピクッと動いた。ゆっくりとではあるが、固く閉じていた瞼が持ちあがる。それに気づいた雪生が、慌てたように伊織の腕をつかんでバスタブから引き離した。

「その執事さんも、弥生さんから離れ――られねぇじゃん！」

「江崎君、急にどうしたの？」

「弥生さんは――あ」

雪生が言い終わるまえに、弥生の目がぱっちりと開いた。はじめは状況が飲み込めず、ぼんやりとしていた弥生だったが、自分の頭を支えていたリチャードと目があった瞬間。

「キャ――！」

と、絹を裂《さ》いたような悲鳴をあげ、また意識を失ってしまった。ほんの一瞬の出来事である。説明を求めるように、揚羽を含めた三人の目が雪生に向けられた。一方、弥生の悲鳴を聞きつけた檜山が、焦《あせ》った様子で浴室に飛び込んで来る。

「すみません、伊織先生。肝心《かんじん》なことを言い忘れていました！」

そして、檜山の謝罪を引き継ぐ形で、雪生が告げた。

「弥生さんは男性恐怖症《きょうふしょう》ってほどじゃないんだけど、男が苦手なんだ……」

「え、でも、登山インストラクターをやってるんだよね？」

「だから女性限定にしてもらってる――って、弥生さんの職業を言ったっけ？」

「えーと、ほら。さっき言ってたよ。山で仕事してるって」

「いや、でも……」

首を捻る雪生に、うっかり失言してしまった揚羽は、内心で焦りながら話題を変えるために必死で頭を巡らせた。

「それよりも、男性が苦手だったら、女医さんのほうがいいんじゃない？　江崎組に女性の医師は？」

「女の医師がいたら、そっちに運んでるって。うちが世話になってる先生は、簡単に言えば、ヒゲ面のものすごくむさ苦しいおっさんなんだ。そんでデリカシーもない。腕はいいんだけど……。たぶん弥生さんがもっとも苦手とする相手だと思う。それなら、こっちの先生のほうがまだマシだろ、って檜山が言って」

「坊ちゃん！　俺はそんな失礼な言いかたはしてません！」

檜山が猛然と抗議するが、「院内ではお静かに」と伊織にたしなめられ慌てて口を噤《つぐ》んだ。

「そういう重要な情報は、最初の段階で教えてください。男性が苦手とは、どの程度でしょうか？　いまのように顔を見るなり気絶されるのであれば、診察も難しいと言わざるを得ません」

伊織の質問に答えたのは、檜山だった。

「距離を取っていただければ受け答えはできますが、ひどく緊張なされるようなので診察は短めでお願いします。それから、一対一というのも避けてください。できれば、どなたか女性の方が同席していただけるとありがたいです」

「わかりました。では、ディアナを同席させましょう。採血の際に、直接、肌に触れることになりますが、大丈夫でしょうか？」

「それは、なんとも……。屋敷では組員たちも気を遣って、氷見のお嬢さんのまえにはでないようにしていましたから。意識がないあいだに検査はできませんか？」

「あくまでも念のため、ですからね。治療とは違うので、本人の同意が必要です。貧血の症状は、見た目だけではどの程度かわかりづらいものがあります。数値によって処方する薬も異なりますので、ご本人のためにも血液検査は受けていただきたいところですが……」

これればかりは、弥生が目覚めない限りどうすることもできないだろう。伊織はその話は一旦《いったん》、打ち切って、入院するにあたっての説明をはじめた。

「当医院はつき添《そ》いの方の宿泊はご遠慮いただいておりますので、退院の日取りはご本人の体調と、検査結果を待って、電話でお知らせすることになります。入院にあたって必要になる備品等は、こちらで準備してありますので持ち込みは必要ありません。あとは、そうですね……退院の際に、ご本人の着替えを持って来ていただけますか」

「わかりました。先生、氷見のお嬢さんをよろしくお願いします」

と言って、檜山は深々と頭をさげた。雪生もそれに倣《なら》うように、頭をさげる。三人が帰るのを見届け、揚羽も地下の診療所から地上の屋敷に戻った。弥生はあと一時間ほど体を冷やしたあとで、病室に移動する予定らしい。

男性が苦手ということなので、今晩はいつ目覚めてもいいようにディアナがつきっきりで看護するそうだ。孤軍奮闘するディアナのために、手をつけぬままになっていた煮凝りをリチャードに頼んで差し入れてもらおう、と揚羽は思ったのだった。

星野医院では、もう顔をあわせることがないと思った弥生だったが、その翌日《よくじつ》、事態は急転することとなる。

昼食を終えてリビングルームで寛いでいた揚羽のまえに、もうしわけなさそうな顔をしたリチャードと、苦笑いを浮かべた伊織がやってきた。

「実は氷見さんのことでお願いがありまして」

「なにかあった？」

「意識は戻りましたが、体調があまり万全ではないようなので、大事をとって引き続き入院してもらうことになりました。檜山さんのほうにも、荷物を持ってきていただいた際に、そう伝えてあります。問題は検査ができないことです」

本人が拒否《きょひ》しているのだろうか、と揚羽は首を傾げた。しかし、問題は別のところにあるらしい。

「私やリチャードが病室に入った途端《とたん》、ブリザードが吹き荒れまして。むりをすれば近づくこともできるでしょうが、力の使いすぎで氷見さんが気を失う恐れもあります。ご本人も抑えようと努力はしてくれていますが、体調が思わしくないため制御が利《き》かないようで」

「ディアナちゃんでも、ダメだったの？」

予定では、女性であるディアナを緩衝材《かんしょうざい》にして接触を図るはずだったのだが、それもむりだったのだろうか。揚羽の問いに答えたのは、リチャードだった。

「すっかり失念しておりましたが、娘もまた人見知りで……。氷見様の緊張が伝播《でんぱ》してしまうのか、一言も話すことができぬまま戻ってまいりました」

「現状の説明は、紙に書いたものをディアナ経由でわたしてあります。検査もその流れで説明し、同意をいただきました。それが昨夜の話です。一晩経《た》てばあるいはと思っていたのですが……。揚羽さんには氷見さんと会話して、緊張をほぐしていただきたいのです。むろん、私も廊下で待機しておりますし、危険と判断した場合は、速《すみ》やかに退出していただきます」

「引き受けるのはいいけど、私で務まるかな。江崎組で親しくしていた女の人とかはどう？　どうせなら、私よりもそっちのほうが適任だと思うけど」

「氷見さんのお世話をしていたのは、雪生君の二番目のお姉さんでしたが、もともと体の弱い方で運悪く体調を崩されているそうです。お姉さん以外に親しくしていた方はいらっしゃらないようでして」

すでに先方に打診ずみだったようだ。それで自分に白羽の矢が立ったのか、と揚羽は納得した。

「わかった。やってみるね」

「ありがとうございます。でも、むりはなさらないでください」

「うん」

優先すべきは、弥生の体調である。緊張がほぐれず、彼女の負担になっていると判断したら、粘《ねば》らずに引きあげるのが最善だ。あとちょっと、とむりに会話を続けるのは悪手だろう。

「では、冬用の格好に着替えてください。それに厚手のコートも必要ですよ」

「貼《は》るカイロも必要になるかと」

どこに持っていたのか、リチャードがすかさずお徳用と書かれたカイロの箱を取りだした。ブリザードというくらいなので、室内はきっと氷点下の世界なのかもしれない。ちょっと想像できないが。

「じゃあ、準備してくる！」

揚羽は元気よく立ちあがった。まずはクローゼットの奥にしまい込んだ冬物の服を、引っ張りださねば。

星野医院の病室は、地下二階にある。手術室などもあるため、関係者以外の立ち入りは禁止となっていた。これらの空間は伊織が屋敷を購入するまえからあったようで、以前は美術品の保管場所として使われていたのだそうだ。

病室は全部で四部屋。うち一つには巨大な水槽が置かれ、水辺や水中で暮らす種族専用の特殊《とくしゅ》な病室となっている。

一号室と書かれたドアのまえに、揚羽は立っていた。

病棟も伊織にあわせてだいぶ涼しい温度に設定されているのだが、揚羽の額には汗が滲み、歩くたびに息切れがする。

「あ、暑い……」

それもそのはず。揚羽は冬用のインナーを重ね着したうえに厚手のセーターを着て、したも裏起毛のタイツと防寒性のあるズボンを重ね穿きし、さらにモコモコの靴下にムートンブーツ。冷気が入り込みやすい首元にはチェック柄のマフラーを巻き、頭には白のニット帽。そして、それらのうえから冬用のダッフルコートを羽織るという、冬山にでも挑むかのような格好だ。ちなみに貼るカイロは、背中と腹部にそれぞれ二枚ずつ貼っている。

「……伊織さん、これちょっと厚着すぎない？」

「いいえ。それでちょうどいいくらいです。あ、手袋を忘れていますよ」

さらに追加とばかりに厚手の手袋をわたされ、揚羽はガックリと肩を落とした。それを装着《そうちゃく》し、揚羽は病室のドアをノックする。しばらく待っていると、か細い声で「……ど、どうぞ」と返事があった。

「私はここで待機していますから、なにかあったら呼んでくださいね」

弥生が人の気配に敏感《びんかん》である可能性を考慮《こうりょ》し、廊下で待機するのは伊織だけとなった。もし可能であれば、すぐに検査できるように検査器具も準備してある。

一度、深呼吸して揚羽はスライドタイプのドアを開け――ようとしたが、鍵がかかったかのように開かない。もう一度、力を込めて横に押せば、ガガガッとなにかを削るような音をたててドアが動いた。

その途端、室内から冷え切った空気が廊下へと流れ込んでくる。これは閉めないほうがいいのでは、と思い、揚羽は完全にドアを閉めるのではなく、拳《こぶし》一つぶんほどのスペースを空けたままにした。揚羽が来るということは、すでに書面で知らせてあるらしい。

「失礼しまーす」

一歩、足を踏みだすと、ジャリ、と霜《しも》を踏んだような音が響いた。足下を見ると、二、三センチ程度だが、雪が積もっている。天井《てんじょう》からぶらさがる大小様々な氷柱《つらら》は、室内とは思えない光景だ。吐《は》く息も白く、急激な寒さにのどが痛い。

室内にはベッドとテレビ、それから小さめのロッカーが置かれていた。そのなかで弥生は床に正座し、なぜかこちらに向かって頭をさげていた。いわゆる土下座である。

「ええっ、なんで床に座っているんですか！　体調が悪いんだから、ベッドにいてくださいよ！　いや、具合がよくても床はダメですけど！」

立て続けに叫んだ揚羽は慌てて弥生を引き起こし、ベッドに座らせた。

「……もうしわけ、なくて」

弥生は震える手で、雪まみれになっているテレビを指差した。なぜかその画面には、ヒビが入っている。

「氷柱が落ちて、壊れてしまいました……」

「待って。ちょっと待って。ヘルメット――いや、氷見さんも危ないから、病室を変えましょう！」

揚羽は慌てて廊下に引き返し、となりの病室に移ったほうがいい旨《むね》を伊織に伝える。ディアナが念のためにもう一室、部屋を準備しておいてくれたので、移動自体はスムーズだった。

さきほどとは違い、積雪も氷柱もない部屋で、揚羽は安堵の息をつく。弥生が室内に入った瞬間、部屋の温度は一気にさがったが、コートを脱いでちょうどいいくらいに保たれている。

「あの……テレビは弁償します……」

弥生はベッドに座り、頭からすっぽり毛布を被っていた。このほうが冷気を抑えられるらしい。少し距離を取った場所で丸椅子に座っていた揚羽は、にっこりと微笑んだ。

丈夫ですよ」

「伊織さん——じゃなくて、星野先生は気にしないでくださいって言っていたので、大丈夫ですよ」

そのぶんも江崎組に請求すると思うので、と心のなかでつけ足す。そして、揚羽はあらためて弥生を見つめた。毛布からほんの少し覗く顔は、もともとなのかどうかは不明だが、血の気が失せたように白く、やはり体調がいいとは思えない。ベッドに座っているだけでも、具合が悪ければそれだけで体力を消耗してしまうだろう。

今回がダメでも、時間をおいて、また夜にでも会いにくればいい。一度目よりも二度目、二度目よりも三度目のほうが緊張も解《ほぐ》れるだろう。

「ところで、具合はどうですか？」

「……ええと、そんなに悪くはない、です」

「めまいや吐き気は？」

「吐き気は大丈夫だけれど、めまいはちょっと……」

伊織が貧血気味だと言っていたので、そのせいもあるだろう。たどたどしいながら会話は成立しているので、そこまで体調が悪いということはなさそうだ。

「だったら、横になりませんか。そのほうがだいぶ楽ですよ」

「だ、大丈夫」

会話はなりたっているが、弥生側からすれば初対面の相手ということで、それなりに緊張しているらしい。それでも、部屋の気温がさがる程度に留《とど》まっているため、やはり女性という点は大きいのだろう。

「そうだ。私のこと覚えてますか？」

「……え？」

「先週の日曜日、山で助けてもらった者です」

もそもそ、と毛布のなかから顔をだした弥生は、驚いたように目を見張った。どうやら、覚えていてくれたらしい。

「あのときは本当にありがとうございました。名前も名乗っていませんでしたよね。藤岡揚羽と言います」

「……え、あれ？　でも、メモ用紙には、私と歳の近い、人間の女の子が来るって……」

「私はこう見えて、大学生です」

七月の誕生日を迎えれば、二十歳である。見た目で誤解されるのはいまにはじまったことではないので、揚羽はさらりと流した。むろん、揶揄《からか》ってくる相手には、それ相応の態度を取らせてもらうが。

「ご、ごめんなさい……！」

「山で会ったときも、もしかして私の年齢を誤解してました？」

「……実は、中学生くらいの子かなって。お兄さんかお姉さんのグループについて来る子もいるから。大学の先輩ってことは、登山部かサークルだったんだね。本当にごめんなさい……」

あれでも一応、大人っぽい格好を意識したつもりだったが、中学生か、と揚羽はこっそり落胆した。せめて高校生くらいには見てほしかった。

「謝るようなことじゃないので、気にしないでください。あのときは声をかけてもらって、本当に助かりましたし。そうじゃなかったら、私は一人で上級者コースを進んでいるところでした」

揚羽が山登りの初心者ということもあり、そうなったら登山部のメンバーはまっさきに山岳救助隊に通報していたことだろう。大学にも連絡《れんらく》がいき、大変なことになっていたはずだ。なによりも、それを知った伊織の反応が怖い。

「あのあとは、無事に下山できた……？」

「はい。あのときのアドバイスにも従って、トレッキングポールも買いました」

「よかった。あれがあるとないとでは、疲労もだいぶ違ってくるから」

じょじょにではあるが、弥生の態度もだいぶ柔らかいものになりつつあった。以前、山で会っていたということも大きいのかもしれない。弥生の体調も心配なので、そろそろ本題に入ったほうがいいだろう。

「それで、検査なんですけど、受けられそうですか？」

「………」

「血液検査だから、星野先生が腕に触れることになるんですけど――って、雪？」

いきなり病室内の気温がさがったかと思うと、天井から、ふわりふわりと牡丹雪《ぼたんゆき》が降ってくる。

「雪の結晶《けっしょう》だ。きれい」

目視できるくらい大きな結晶に、揚羽は思わず歓声をあげた。冬になれば否《いや》でも応《おう》でも見ることになるが、この時季に見る雪は珍しく、ついつい声が弾《はず》んでしまう。

「ごめんなさい。力が抑えきれなくて……」

「厚着しているんで、大丈夫です」

さすがに寒いので、揚羽は脱いでいたコートを着直し手袋を嵌《は》めた。手のひらで掬《すく》うように雪を載せ、その緻密《ちみつ》な結晶に見入る。顔を近づけると、吐息がかかってしまったのか、雪の結晶はあっというまに溶けてしまった。

これは揚羽が同席したところで、検査はできないだろう。きっと伊織もそう判断するはずだ。

「そうだ。なにか食べたいものはありますか？」

「え、食べたいもの？」

「食欲が戻れば体力も回復すると思って。なら、やはりここは好物でしょう」

星野医院での病院食は、すべてリチャードの手作りだ。胃が弱っている可能性もあるので、ステーキのようなガッツリ系は却下されるだろうが、胃に優しい系の料理や、ガッツリ系でも少量なら考慮してもらえる可能性もある。

「………冷たいラーメン」

たっぷりの間を置いて、弥生は囁《ささや》くようにつぶやいた。ガッツリ系というほどでもないが、胃に優しい料理というわけでもない。食欲があるなら問題なさそうな気もするが、それを判断するのは主治医の伊織である。

「ラーメン。ラーメンか」

そして、問題はもう一つ。リチャードはラーメンを作れるだろうか。いや、ラーメンくらいだったら、市販の麺《めん》とスープ、それにトッピング用のチャーシューと野菜を買えば、揚羽でも作れる。しかし、料理にこだわりを持っているリチャードのことだ。スープは出汁《だし》から自分で取り、麺も一から自分で作りたいと言いだしかねない。

「あの、冷たいものなら、なんでも大丈夫だから」

「熱い系の料理はダメなんですか？」

「冷めてからなら食べられるけど、少しでも熱いと火傷してしまうの。それを除けば、食生活は人間と変わらない、かな」

「そのなかでも、冷たいラーメンが好きなんですね。私も昔、住んでいたとこにあったラーメン屋さんが大好きで、よくお祖父《じい》ちゃんと一緒に行ってました」

引っ越してからは一度も顔をだしていないので、なんだか食べたくなってきてしまった。特にあそこの醤油《しょうゆ》ラーメンはシンプルだが、スープが絶品でいつもきれいに飲み干していたほどだ。

「あ、でも、ラーメンは消化に悪いからって、却下されるかも……」

どう考えても、ラーメンは病人食には向かない。せめて、うどんか蕎麦《そば》なら考えてもらえただろうが。

「だ、大丈夫。昨日と今朝のお粥《かゆ》も、びっくりするくらい美味しかったから！」

小声で話していた弥生にしては珍しく、大きな声がでた。やはり、病人食は消化に優しいお粥だったらしい。それでは、ますますラーメンなんてもってのほかだ。弥生の感情の乱れにあわせて、また牡丹雪が舞った。

これ以上、体力を消耗させてはいけないと、揚羽は椅子から立ちあがる。

「それも伝えておきます。じゃあ、夜になったらまた来ますね」

揚羽は検査のことには触れずに、病室の戸を開けた。廊下にでると、暖かな空気が揚羽を包み込む。思っていた以上に体が冷え切っていたようだ。その暖かさに、揚羽は安堵の息をついた。

「お疲れさまでした。いかがでしたか?」

廊下で待機していた伊織に、揚羽は首を横に振る。そして、病室には聞こえないように小声で告げた。

「もう少し時間をおいたほうがいいと思う。夜に会いにくる約束をしたから、そのときにまた訊いてみるよ」

「お願いします。さあ、どうぞこちらに。リチャードが温かい紅茶《こうちゃ》を用意してくれていますから」

案内されたのは、地下一階にある院長室だった。壁際の本棚には専門書がずらりと並び、その手前には伊織が使っているであろう、立派なデスクが鎮座《ちんざ》している。ここは応接室も兼ねているようで、ガラス製のテーブルを挟んで、来客用の二人掛けソファーが二脚置かれている。

そして、テーブルには大きめのステンレスボトルと、紅茶のカップがソーサーとともに並べられていた。伊織は揚羽をソファーに座らせ、ボトルの蓋を開けてカップに紅茶を注ぐ。

「まずは体を温めてください」

「うん」

手袋をはずし、冷え切った指先でカップを包み込むように持つと、じんわりとした温かさが伝わってきた。熱いくらいの紅茶を一気に飲み干すと、となりに座っていた伊織がすかさず二杯目を注いでくれる。

今度はそれをちびりちびりと飲みながら、揚羽は全身から力を抜いた。どうやら、寒さもあるが、知らずしらずのうちに緊張していたらしい。

「氷見さんの体調はどうでしたか？」

「ベッドで起きあがれるくらいには回復したと思う。あと、吐き気はないけど、めまいはあるみたい」

伊織は揚羽の発言をカルテに書き込みながら、眉間《みけん》にしわを寄せた。「やはり、血液検査はしておきたいですね」とつぶやく。

「それでね、氷見さんの好物って冷たいラーメンなんだって。夕食にだせないかな？」

揚羽はダメ元で伊織にお願いしてみた。しかし、自分で言っていてあれだが、やはり熱中症で運ばれてきた患者の食事にラーメンは難しいものがある。「やっぱり、いまのはなし」と言いかけたとき、伊織が口を開いた。

「もうしわけありません。らあめんとは、どのような料理でしょうか？」

「そっか。ヨーロッパにはラーメン文化が浸透してないもんね」

「オーソドックスな料理は知識として学びましたが、その料理名ははじめて耳にしました。あとでどのような料理か調べておきます。そのうえで、提供できるかどうか検討してみますね。氷見さんの回復も順調なようなので、よほど消化に悪いものではない限りおだしすることはできると思います」

「病人食にはあわないから、却下されるかと思った」

「氷見さんが人間だったら、もうしばらくは消化のよいものを中心に提供したでしょうが、雪女は人間よりも治癒力に優れていますから。特に己《おのれ》の体に適した環境——寒い場所にいれば、それだけ回復もはやまります。逆に暑い場所にいると、あっというまに体力を奪われ意識を失ってしまいますが」

雪のように溶けるわけではないが、雪女にとって暑さは天敵のようだ。それなのに、なぜ弥生はもう少しで夏というこの時季に、山を降りたのだろうか。

「でも、よかった。やっぱり、大好きな食べ物がでると、食欲も湧《わ》くし元気になるよね」

「そういうものなのでしょうか？」

リチャードやディアナ以上に、〝食べる〟という行為に縁遠い伊織は、不思議そうな表情で揚羽を見た。

「私は長年、点滴ばかりですごしてきましたからね。経口摂取で元気がでるという感情はわかりません。生き物にとって、食事というものが重要なことは理解しておりますが」

「私なんて、授業が終わったら、帰りのバスのなかで今日の夕飯《ゆうはん》はなにかなって、めちゃくちゃうきうきしてるよ」

　もともとそこまで食に拘《こだわ》りはなかったが、リチャードの料理は格別だ。本人も拘っているというだけあって、毎日、手の込んだ料理がだされる。それがまた美味しいので、ついつい余計に食べすぎてしまい、去年の今頃に比べてズボンのウエストが若干キツくなってしまったことが、唯一の難点である。

「それに夜は伊織さんとも、ゆっくりお話できるし」

　やはり朝はなにかと忙《いそが》しいので、挨拶以外に言葉を交わしている余裕はない。夕飯ももちろん楽しみだが、家で伊織が待っていてくれると思うと、自然に足取りも軽くなる。

　照れながらとなりに座る伊織を見れば、

「そうですね。私も揚羽さんを見ていると、元気がでます」

　と、優しげに微笑まれた。

　思わず緩みそうになる頬を、必死の思いで堪えていると、ようやく暖まりはじめていた指先に伊織の手が触れた。

「本当に幸せで――」

　そこで伊織はなぜか、不自然に言葉を切った。そして、言いかけたなにかを誤魔化《ごまか》すように微笑む。

「まるで、夢のようです」

伊織は時折、揚羽をとても眩しいものでも見るかのように、目を細める。理由はわからない。訊いたところで、きっと答えは返ってこないだろう。だから揚羽は、言葉の代わりに、伊織の手を強く握りしめた。

これが夢などではなく、現実なのだと伝えるために。

「伊織さんは、私がもっともっと幸せにするから」

宣言するかのように、揚羽は告げた。そして、両手を伊織の顔に添え、触れるくらいのバードキスを贈る。

「……元気になった？」

そう訊《たず》ねれば、ポカンとした表情を浮かべた伊織は、「揚羽さんには敵《かな》いませんね」と言って照れたように苦笑いしたのだった。

はやめの夕食を終え、時刻《じこく》は午後七時。

弥生に会いに行くまえに、揚羽はコートなどの防寒着を取りに自室へと戻った。

揚羽の部屋は、二階の一番、日当たりのいい場所にある。ドアを開け、揚羽は脇に揃《そろ》えてあったスリッパに履き替えた。伊織にお願いして、自室だけ土足厳禁《げんきん》にしてもらったのだ。面倒をかけることになるが、リチャードとディアナにもこの部屋に入るときだけは、靴を脱いでもらっている。

家具や調度品は、揚羽が引っ越してくるまえに、伊織がすべて手配してくれた。許嫁が選んでくれた、という点はものすごく喜ばしいのだが、問題が一つ。

ものすごくファンシーなのだ。

クイーンサイズの天蓋《てんがい》つきベッドに、すべてロココ調で統一された家具。造りつけのクローゼットは持ってきた荷物をしまっても半分以上余裕のある状態で、南側の大きな窓を開ければ中庭を一望できるテラス席もあった。その窓を覆《おお》うのは、天鵞絨《ビロード》のように光沢のある淡いピンク色のカーテンである。

いまでこそ慣れたが、当時は傷をつけてしまったら大変だと、室内を移動するだけでも冷や汗ものだった。

「マフラーはもっと暖かいものがいいよね。……念のため、インナーもう一枚、多めに着ようかな」

着ぶくれるのは嫌だが、それで風邪《かぜ》を引いてしまったら元も子もない。弥生の体力も昼間より回復しただろうが、検査する際は、また雪が舞う可能性もある。暑ければ脱げばいいんだし、と揚羽はクローゼットの奥から、冬物のインナーを引っ張りだした。

「ん？　電話だ」

インナーを着るために服を脱ごうとしたとき、ガラス製のテーブルに置いていたスマートフォンが着信を知らせる。画面には〝江崎雪生〟の文字。弥生のことかな、と思い揚羽はスマートフォンを手に取って、ベッドに座った。

「もしもし？」

『江崎だけど。いま大丈夫か？』

「うん」

『檜山から、藤岡が昼間、弥生さんに会ったたって聞いたんだけど』

「そうだよ。ディアナちゃん――メイドの子も、ちょっと人見知りで。私が交代したの。ベッドに起きあがれるくらいまで回復したよ」

檜山ということは、伊織から連絡がいったのだろう。起きあがれるくらいにまで回復したと言うと、雪生が電話の向こうで安堵の息をつくのがわかった。

『よかった。それで、弥生さんのことなんだけど。最近、悩んでるみたいでさ。その、できればでいいんだけど……入院しているあいだ、なんで悩んでるか聞きだしてほしいんだ』

「そうは言っても、私は赤の他人だよ？　そんな簡単に悩みを話してくれるかな」

しかも、それを雪生に話すというのは、どうも気が進まない。もしも弥生が揚羽に悩みを打ち明けてくれたとしても、本人の許可がない限り、雪生に伝えるわけにはいかなかった。

『俺には伝えなくてもいいから。悩みって、誰かに話すと気持ちが楽になるだろ。うちじゃ、弥生さんが気を許してたのは、俺の二番目の姉貴だけだったから。俺なんて、最近ようやく、距離を空ければ会話できるレベルに昇格したばかりなんだ。絶対、藤岡のほうが話しやすいって』

「約束はできないよ？」

しかたない、と揚羽は妥協した。

『ありがとな。うちの奴《やつ》らも弥生さんのこと心配しててさ。弥生さんが熱中症で倒れた日も、気温が高くなるってわかっていたのに、気づいたら部屋からいなくなってて。慌てて総出で捜したら、門の近くで倒れていたんだ。悩んでることと関係があるか、わからないけど』

危険を承知のうえで、それでも外出しなければならない理由。話してもらえるとは思えないが、心に留めておいたほうがいいだろう。

『こんなこと頼んでごめんな。今度、お礼に昼を奢《おご》るよ』

「いいよ、そんなこと気にしなくて。江崎君には登山部でお世話になってるし」

『いや、昼くらい奢らせ――』

するると雪生の声に被せるように、ドアを挟んだ廊下から揚羽を呼ぶディアナの声が聞こえた。揚羽はそれに返事をし、「じゃあ、また大学で」と言って通話を切る。

「悩みか……」

それを聞きだせたとして、悩みが解決するわけではないが、雪生の言った通り誰かに話すことで気が楽になるということもある。

「って、考えてる場合じゃないか」

準備、準備、とつぶやきながら、揚羽はベッドから立ちあがったのだった。


厚着をして弥生の病室に向かうと、ちょうど夕食を終えたばかりだったようだ。心なしか嬉しそうな表情を浮かべた弥生が、ベッドから起きあがって揚羽を迎えてくれた。

「夕食にね、冷たいラーメンがでたの。それが、とても美味しくて」

うっとりした顔で、弥生は告げた。伊織とリチャードが協議した結果、冷たい醬油ラーメンが通常の半分程度、夕食に提供されることとなった。もう半分はやはり消化にいいお粥である。

そして、肝心のリチャードだが、やはりスープと麵に拘りたかったようだが、時間がないこともあり、市販のもので妥協することにしたらしい。いずれ、一から作りあげた究極のラーメンを完成させてみせると意気込んでいた。

「チャーシューは手作りだって聞いて、びっくりしちゃった」

「ネットで調べてみて、これなら冷蔵庫にある材料で作れるって思ったそうですよ」

貯蔵室には業務用の冷凍庫があり、そこにはリチャード拘りの品が備蓄されている。そのため、急な夕飯の変更依頼《いらい》にもなんなく対応できるらしい。すべて既製品というのは、リチャードのプライドが許さなかったようだ。

「ありがとう。藤岡さんのお陰よ」

「いいえ、私は伝えただけですから。それと、苗字じゃなくて、揚羽って呼んでください」

「じゃあ、揚羽ちゃん？」

「はい。私も氷見さんのこと、名前で呼んでもいいですか？」

「もちろん」

頷く弥生に、「弥生さんって呼びますね」と揚羽は笑顔で告げた。

「具合はだいぶよさそうですね」

見る限り、顔色は昼間、会ったときよりだいぶ回復しているように思う。力もある程度、自分で抑え込めているせいか、室内の温度もコートを着なくてもすごせる程度に収まっていた。さすがにちょっと暑いな、と思い、揚羽はコートを脱いでマフラーを取る。

「……まだちょっとめまいはあるけど、力のコントロールはだいぶ戻ってきた気がする。

昼間、ぐっすり眠ったからかな」

「よかった。この調子なら、明日にも退院できるかもしれませんね」

「その、検査のことなんだけど……いまなら、できる気がする」

意を決したように、弥生は揚羽を見た。力のコントロールもできるまでに回復したならば、検査を受けることも可能だろう。

「じゃあ、伊織先生を呼んで来ますね」

「お、お願いします」

すでに緊張で固くなっている弥生に一抹《いちまつ》の不安を感じながら、揚羽は廊下で待機していた伊織を呼んだ。検査器具の載ったカートを押しながら、伊織が室内に入って来る。まずは様子見というように、戸を背にするような形で立ち止まった。

室内の気温はぐっとさがったが、雪が舞うほどではない。それを確認して、伊織が口を開いた。

「はじめまして。担当医の星野伊織ともうします。お体の具合はどうですか？」

なにか答えようと弥生は口を開けるものの、言葉にならずそのまま、また口を噤んでしまった。伊織は気にした様子もなく、質問を続ける。

「首を振ってくださるだけでも、けっこうですよ。力のコントロールはだいぶ戻ってきたみたいですね」

それに弥生は首を縦に振った。

「この調子でいけば、明日には退院許可がだせるかもしれません。そのまえに、できれば血液検査を受けていただきたいのですが、腕に触れても大丈夫でしょうか？　毛布にくるまって、腕だけだしていただければ、すぐにすみます。私もできるだけ触れないように気をつけますので」

毛布を被って視界を遮断するのは、いい方法だ。弥生もそう思ったようで、さっそく頭からすっぽりと毛布を被り、あわせ目から右腕をそろりとのばす。

「弥生さん。腕、触ってもいい？」

「ど、どうぞ」

揚羽は弥生の腕に触れ、伊織が用意した注射台のうえに導く。その腕は雪のように白く氷のように冷たかったが、指先が冷たさにかじかむようなことはなかった。

「駆血帯《くけつたい》を腕に巻きますね」

伊織は血管を浮きでやすくするために、すばやくゴム製のチューブのようなものを二の腕に巻きつける。そして、すでに準備してあった採血用の注射器を手に取った。

「手を握ってください。数字を十まで数えるあいだに終わりますよ」

注射が苦手な揚羽は、できるだけ針を見ないように目をそらせた。そして、自分が採血されているわけではないが、伊織に言われた通りに数字を一から数える。七まで数え終わったところで、「はい、手を広げてください」と伊織の声が聞こえた。

すでにゴムチューブは外され、注射針も抜かれている。「血が止まるまで、コットンを押さえてもらっていいですか？」と言われ、揚羽は伊織の代わりに止血中の部分をコットンのうえから指で押さえた。

「検査の結果は明日の朝にはわかります。書面にまとめたものを朝食の際に持って行かせますので、目を通してください」

「……はい」

「それから、檜山さんに聞きましたが、昨日は一時間ほど外出していたそうですね。気温は毎日チェックしていたのに、どうして、と首を捻っていましたよ」

「………」

弥生はなにも答えなかった。緊張しすぎて頭が回らないのか、それとも単純に答えたくないのか。伊織は気にした様子もなく、「次からは気をつけてくださいね」と言うだけに留めた。

「では、私はこれで。外にディアナを待機させておきますので、なにかあれば彼女に声をかけてください」

「わかった。私はもう少し、ここにいるね」

「ええ。よろしくお願いします。それと、せめてコートくらいは着ておいてください」

笑顔の圧力を感じ、揚羽は慌ててコートを着直した。それを確認してから、伊織は検査器具の載ったカートを押し、病室をあとにする。風邪を引いたらまずいしな、と思い、揚羽は追加でマフラーを首に巻いた。

「弥生さん、大丈夫？」

　こんもりとした毛布の山に声をかけると、か細い声が聞こえてきた。

「ううっ。私はお医者さんに、なんて態度を。お礼も言えなかった……」

「伊織さんは気にしてないと思いますよ」

「ごめんなさい……。私の種族は女性だけだから、男性には免疫《めんえき》がなくて」

「でも、今回は気絶しなかったじゃないですか」

「……あのときは、いきなり目のまえに知らない男性の顔があったから、驚いてしまって。力が暴走さえしなければ、顔をあわせることくらいできるよ。……か、会話はちょっとハードルが高いけど。で、でも、受け答えくらいなら、なんとか」

　男性と顔をあわせただけで気絶していたら、外を歩くことなんてできないもんな、と揚羽は納得した。そこでようやく、弥生がひょっこりと頭だけ外にだす。

「そういえば、登山インストラクターの仕事は休みなんですか？」

「え、うん。平日だけね。土日には仕事を入れてもらってるけど、昨日と今日はたまたま仕事が入ってなくて。ドタキャンにならなくて、よかった」

それは不幸中の幸いだっただろう。そこで、弥生はなにかを思いだしたかのような素振りを見せ、揚羽に顔を向けた。

「ところで、揚羽ちゃん。檜山さんたちが持って来てくれた荷物のなかに、私の携帯《けいたい》なかったかな？」

「ちょっと待ってください。ディアナちゃんに訊いてみますね」

檜山が持って来てくれた荷物は、うっかり弥生が凍らせてしまったら大変なので、別室に保管してある。廊下で待機していたディアナに告げると、しばらくして、黒のボストンバッグに入れられた荷物が届けられた。

弥生はその中身を確認して、首を振る。

「着替えも新しいものばかりだから、もしかしたら、私の部屋に入らなかったのかも」

「急ぎなら、檜山さんに連絡して持ってきてもらいましょうか？」

弥生は逡巡《しゅんじゅん》したあと、壁にかかった時計を一瞥《いちべつ》し、首を横に振った。

「こんな時間にわざわざ持ってきてもらうのも悪いから。明日の午後に、英会話教室の授業があって、その欠席の連絡をしたかったんだけど……」

「それなら、一階に固定電話がありますよ。英会話教室の電話番号は、教室の名前を教えてもらえれば私がスマホで調べます」

その提案に、弥生はホッとした様子で眉尻《まゆじり》をさげた。

「……お願いしてもいい？」

「はい。でも、英会話教室に通っているんですね」

「最近は外国からのお客さんが増えたこともあって、私が契約している旅行代理店に、簡単な会話程度でいいから、話せるようになればもっとお客さんを増やせるって言われたの。私は女性限定って縛《しば》りがあるせいで、お客さんもそんなに多くないから……」

しかし、それならば、なぜ冬にしなかったのだろう、と揚羽は首を捻った。冬場のほうが閉山している山も多いので、登山インストラクターの仕事もいまよりずっと少ないはずだ。

「通うなら、冬場のほうがよかったんじゃありませんか？」

「冬は実家の旅館を手伝わなきゃならないから、時間がなくて。山奥にある旅館だけど、そのシーズンはスキー客が多いからかきいれどきなの。私は冬場は仕事がないし、なにより、お給料が美味しくて……！」

しかし、なぜか弥生はそこで顔を曇らせた。

「四月の後半から短期契約でもうし込んだんだけど、その、うまくいかなくて……」

「英語が覚えられないってことですか？」

「そうじゃないの。先生に英語で話しかけられても緊張してうまく返せなかったり、頭が真っ白になってなにを話しているのかわからなくなったり……。先週なんて、二度も休んでしまって」

もしかして、これが雪生の言っていた〝悩み〟なのでは、と揚羽は思った。世話係りとしてそばにいてくれた雪生の二番目の姉が倒れてしまい、相談できる相手がいなかったのかもしれない。

「もしかして、教師が男性とか？」

「先生は女性。でも、その……」

「じゃあ、生徒さん？」

「……うん。二人ほど」

どう考えてもそれが理由だろうな、と揚羽は内心で溜息をついた。

「女性限定っていう英会話教室は、ないんですか？」

「女性の先生を希望することはできるけど、生徒さんの性別まではむりだって……。でも、先生は女性だから、なんとかなるって思ったの。思った、んだけど……」

一応、可能かどうか問いあわせはしたらしい。確かに、会員制のスポーツジムやヨガ教室などは、女性限定という条件をよく聞くが、英会話教室では耳にしたことはない。

「マンツーマンで指導してくれるところもありますよね。そこはどうでしょう？」

「そういうところは月謝が高くて……」

金銭的にも厳しいらしい。そうなると、いまの英会話教室で頑張るしか手はなさそうだ。

「英語の授業は、好きだったんだけど……」

「素朴《そぼく》な疑問なんですけど、妖怪の子供って、みんな人間の学校に通うもんなんですか？」

確か、雪生の兄姉は、化け狐か化け狸だが、子供の頃から人間に交じって学校に通っていたと聞く。むろん、人間に擬態できない者はむりだろうが、雪女のように見た目で人間と変わらない妖怪たちは全員、学校に通っているのだろうか。

「私もよくはわからないけど、その種族の方針によるんじゃないかな。うちの一族は人間の振りをして暮らしている手前、子供がいるのに学校に通わないと不審《ふしん》に思われちゃうから」

「そのときは、男性は大丈夫だったんですね」

「学校っていっても、小中学校は山の麓の分校で、生徒はみんな幼い頃からの顔見知りだったたから。夏も涼しくて、そんなに欠席せずに通えたかな。でも、高校からは通信制。街に降りるしかなくて、夏のあいだはどうしても通えそうになかったの。義務教育じゃないから、出席日数が足りないとすぐ留年になっちゃうし」

「もしかして、登山インストラクターになったのも、夏場でも関係なく働けるからですか？」

「それもあるけど、子供の頃から山登りが大好きだったの。それを職業にできたら、素敵だなって」

その気持ちは揚羽もわかる気がする。自分もまた、幼い頃に保育士という職業に憧《あこが》れて、いまの大学に進んだのだ。

「だから、お客さんを増やせるかもって言われたときは、本当に嬉しくて」

そう言って弥生は微笑んだが、すぐにその表情は曇ってしまった。さすがに、問題となっている男性に事情を話し、教室を移ってもらうわけにもいかないだろう。悩んだ末に揚羽は、さきほどの検査のことを思いだした。

「知りあいが一人でもいれば、緊張も緩和されると思うんですけれど。誰か一緒に教室に通えそうな人は――」

「……友達、少ないから」

どんよりとした曇り空のような表情を浮かべた弥生は、力なくうなだれた。英会話教室に慣れるまで、自分が一緒に通ったらどうだろう、とも思ったが、ああいう系の教室は一ヶ月の授業料が高いのだ。いくら弥生が恩人であるとはいえ、さすがにそれは厳しい。

「あ、そうだ。その英会話教室って、体験コースはありませんか？」

「えっと、あったと思う。初心者コース限定で、二回目まで授業料が無料って書いてあった気がする。でも、そんなことを訊いてどうする――」

「私が一緒に行くのはどうでしょう？」

「え、揚羽ちゃんが？」

「二回限定になっちゃいますけど。知りあいがいるだけでも、だいぶ緊張も緩和されると思うんですよね」

それで自信をつけることができれば、一人でも英会話教室に通えるのではないだろうか。未成年なので後見人である伊織の許可は必須だが、危ない場所ではないのでダメとは言わないだろう。それに体験コースなら、授業料の心配もない。

「このあいだ、助けてもらったお礼です。ただ問題は、弥生さんと同じ教室を希望して、それが通るかどうかですよね」

空きがなくて、ほかの教室に振りわけられてしまったら元も子もない。しかし、弥生はそれに、「……たぶん大丈夫」と言った。

「わりと融通が利くところだから、私と同じ教室を指定することもできると思う。でも、さすがにそこまでしてもらうわけには……」

「そんな深く悩まないでください。選択科目のなかには英語の授業もあるので、その参考にもなりますし」

実際に、幼稚園や保育園でも英語教育に力を入れているところは多い。もちろん、内容は英語の歌を歌ったり、英単語が書かれたオモチャの教材を使ったりと、学ぶというよりは、触れあうといった意味が強いが、担当する教員にもそれなりの知識は必要だ。大学でも、比較的、授業数に余裕がでてくる三年、四年生あたりになってくると、スキルアップのために英会話教室に通う生徒もいるらしい。

　自分はまだどうするか決めていないが、見学しておいて損《そん》はないはずだ。たっぷりと迷った末に、弥生はもうしわけなさそうな表情で揚羽を見た。

「……お願いしてもいい？」

「了解です」

　ちょっと強引だったかなとは思ったが、弥生を見ているとついついお節介を焼きたくなってしまったのだからしかたない。

「じゃあ、私もそろそろ戻りますね。弥生さんもしっかり休んでください」

　病室をでると、暖かな空気が揚羽の全身を包み込んだ。廊下で待機していたディアナが、寄り添うように揚羽のかたわらに立つ。

「揚羽様。うえで父が温かい飲み物を準備しております」

「ありがとう。すごく助かるよ」

　冷え切った体に温かい飲み物はありがたい。揚羽に続くように、ディアナも歩きだした。昼間ほどの寒さではなかったので、もうそろそろコートは必要ないだろうと、歩きながら脱ぎ小脇に抱える。

そこで揚羽は、あれ？　と首を傾げた。

いつもならば、揚羽にけっして荷物を持たせようとしないディアナが、なにも言ってこない。いや、持ってほしいわけではないけれど。どうかしたのだろうかと、半歩ほどうしろを歩くディアナを振り返った。

「なにかあった？」

それに、ディアナは廊下のまんなかで足を止めた。つられるように、揚羽も立ち止まる。ディアナは少し俯いて、床を見つめながら口を開く。

「……なぜ、私は揚羽様のように、うまく話せないのかと考えていました。私がもっとしっかりしていたら、揚羽様の手を煩《わずら》わせることもなかったのに。きっと旦那様や父にも失望されてしまった」

「考えすぎだって。伊織さんもリチャードさんも、そんなこと思ってないよ」

ディアナは与えられた仕事ができなかったことが、よほどショックだったらしい。その結果、揚羽の手を煩わせてしまったと後悔《こうかい》しているようだ。

「私がもっと社交的だったら……」

ディアナには十年間のブランクがあるが、それを指摘したところで、彼女への励ましにはならないだろう。それに、自分も似《に》たようなことで落ち込むことはよくある。そんなとき、確か祖父はこう言って励ましてくれた――。

「〝できないことを嘆《なげ》くよりも、できることや得意なものを数えなさい〟」

「……え？」

「お祖父ちゃんがよく言ってた言葉。私は昔から小柄で、同級生のみんなと比べてもできないことのほうが多かったんだ。駆けっこだって遅かったし、マラソンの順位もいつもうしろから数えたほうがはやかった。もっと身長が大きかったら。もっと体力があったら、って泣いてばかりいた。そんなとき、お祖父ちゃんに言われたの」

――できないことを嘆くよりも、できることや得意なものを数えなさい。

繰り返しそう言われた揚羽は、幼いなりに考えた。自分ができることは、人よりも秀でていることは、と。

「そのとき、私はドッジボールが得意だった」

「ドッジボールとは、なんでしょう？」

「これくらいのボールをぶつけあう競技なんだけどね」

「ボールをぶつけあうのですか。恐ろしい競技ですね」

「いや、そこまで危なくないから。顔面を狙ったらアウトだし」

ゴホン、と咳払《せきばら》いして、揚羽は話を戻した。

「動体視力と瞬発力には人よりも自信があった。それから、色々とできることを考えてみた。といっても、小学生のときだったから、思いつくのはすごく小さなことばかりだよ。女の子たちはみんな虫が苦手だけど、私は平気だとか、体が丈夫で風邪を引いたことがないとか、好き嫌いがないとか――。ディアナちゃんも、自分が得意なことを言ってみて」

「得意なこと、ですか？」

「んー、例えば日本語が上手《じょうず》、とか。あとは、紅茶を淹《い》れるのも得意だよね。朝食のときに紅茶が飲みたくなって自分で淹れてみるんだけど、やっぱりディアナちゃんやリチャードさんが淹れたのとは、ぜんぜん味が違うんだよ」

「では、朝食用にポットに紅茶を準備しておきます」

そういう意味で言ったわけではないのだが、ディアナは心なしか嬉しそうに頬を染めた。

「あとは掃除が得意だよね」

揚羽も自分の部屋は自分で掃除するが、けっこう大雑把《おおざっぱ》だ。特にクローゼットのなかはわりと乱雑で、リチャードやディアナに見られたら絶対に「やりなおし」と言われてしまうだろう。だから、いつも屋敷内をホコリ一つなく清潔に保っているディアナたちは、本当にすごいと思う。

「いつも身嗜《みだしな》みも完璧で可愛《かわい》いし、それに力も強い」

「あ、あの、揚羽様。そのあたりでもう充分です……」

褒《ほ》められ慣れてないのか、ディアナは恥ずかしそうに首を横に振った。目は潤《うる》み、頰もさきほどより色づいている。

「〝ほら。こんなに得意なことがいっぱいだ〟」

そう言って、祖父は揚羽を褒めてくれた。不思議と心が軽くなった気がした。できないことを嘆いて落ち込むよりも、できることや得意なことを数えたほうが楽しい気持ちになれる。

「それに、いまはできなくても、いつかはできるようになるかもしれない。そのときにはまた、できないことも増えてるかもしれないけど、きっとできることも得意なことも増えてるはず。そしたら、また数えればいい——全部、お祖父ちゃんの受け売りなんだけどね」

へへ、と笑って、揚羽はディアナの手を握り、引っ張るようにして歩きだした。弥生ほどではないが、ディアナの手もだいぶ冷たい。もしかしたら、吸血鬼は平熱がかなり低いのかもしれない。

「……ありがとうございます、揚羽様」

握った手に、きゅっと力が込められた。そして、そこでようやく我に返ったディアナが、揚羽の持っていたコートに気づく。「揚羽様に荷物を持たせたままにするなんて！」

と叫びながら、コートを奪っていくまであと数秒。

五月下旬の平日の午後。今日は朝から雨が降っていたおかげで、気温も二十度と低い。揚羽も薄手の上着では物足りず、朝から厚手のカーディガンを引っ張りだしたほどだ。

しかし、しっかりと着込んだ揚羽とは逆に、半袖のシャツにジーンズという軽装で活き活きとしている人物もいる。

「弥生さん。体調はどうですか？」

「だいぶいいよ。気温も低いおかげで、熱中症の心配もないし。六月もこれくらいだといいのにな……」

白のリュックを背負いなおし、揚羽と並んで歩道を歩いていた弥生は溜息をついた。

弥生が星野医院を退院したのは、血液検査をした翌日のことだった。体調も自力で力を抑えられるくらいに回復し、検査の結果も軽い貧血以外に異常はなし。あとは気温が二十度を超える日に、三十分以上の外出はしないようにと伊織から厳命されたらしい。

弥生が熱中症で運ばれてきたときも、一時間ほど外にでていたそうだ。

その弥生から連絡があったのは、彼女が退院して二日経った日のことだった。メールには、金曜日の午後五時の回に揚羽のぶんも予約を入れたので、よろしくお願いします、と書かれてあった。

大学が終わったあと、英会話教室の最寄りの駅で待ちあわせし、現在進行形で向かっているところである。

「英会話教室って、何人くらいの生徒さんがいるんですか？」

「初心者コースはいつも五人くらいかな。だいたいは週に一、二回のコースを選択している人が多いけど、私は時間がないから週に四回の短期集中型コースにもうし込んだの」

「ネットで見たんですけど、時間は四十分くらいなんですね」

意外と短いな、というのが揚羽の感想だった。

「仕事が終わってから通ってる人も多いから、それくらいの時間がちょうどいいのかも。それに英語での会話がほとんどだから、長いとしゃべり疲れちゃうんじゃないかな……あ、ここだよ」

駅から歩くこと二分。弥生が通う「ブロッサム英会話教室」は、三階建てのビルの一階にあった。周囲を見回せば、英会話教室だけでなく、中国語やフランス語、学習塾にパソコン教室まで、様々な看板がある。もちろん、英会話教室も目についただけで、三軒も見つけることができた。

「弥生さん？」

「う、うん。ごめんね、こんなところで止まっちゃって。色々と想像してたら、つい」

焦ったように弥生はドアを開けた。室内にはすでに二人、同じ初心者コースの生徒が席に着いている。五十歳くらいの主婦らしき女性と、二十代のスーツ姿の男性だ。それぞれこちらに一瞥をくれると、スマートフォンの画面に視線を戻す。そのなかを、弥生はロボットのようにぎこちない動きで横切り、椅子に座った。揚羽もコートを脱いで弥生のとなりに座り、室内をぐるりと見回した。

部屋は十畳ほどの広さで、窓のある壁際には荷物を置くための棚があった。左側の壁には世界地図が貼られ、六人の講師と思われる似顔絵とともに出身国を紹介する文が英語と日本語で添えられている。なかなかに愛嬌のある似顔絵だ。

学校のように机はなく、部屋のまんなかに椅子が半円を描くように並べられてあった。その目のまえには、ホワイトボードが置かれている。

「授業中は、日本語を使っちゃダメとか縛りはあるんですか？」

「初心者コースだから、そういうのはないかな。先生も普通に日本語を話しているし。中級者コースからはあるみたい――」

不意に、廊下から足音が聞こえ、弥生はぴたりと口を噤んだ。膝のうえに置いた両手を、きついくらい握りしめているのがわかる。足音は初心者コース教室のドアのまえで止まった。

一拍のまを置いて、ノックのあとにドアが勢いよく開かれる。

「こんにちハ〜。ハロー」

陽気な笑みをたたえ、入って来たのは、三十代後半の男性だった。癖のある長めの金髪を青色のシュシュで結び、真っ赤な柄のアロハシャツに白のハーフパンツを穿いている。足下がサンダルだったら完全にリゾート地にいる観光客だが、そこはさすがに黒のシューズだった。

背は高く、百八十センチはあるだろう。アロハシャツから覗く腕は筋肉質で、英会話教室ではなくスポーツジムのインストラクターのような見た目である。そして、なによりも顔が濃い。

「今日はアリサ先生はお休みデース。今日からずっと、お休みデース。サンキューデース」

「……あ。もしかして、産休ですか？」

揚羽が訊ねると、「そうデース」と返ってきた。すると、主婦の女性が片手をあげた。

「まだ産休に入るまで、一ヶ月はあったと思うんですけど。どうかしたんですか？」

「オー、アリサ先生、チョット腰を痛くしまシタ。入院はないデスが、安静にする必要ありマス。だからサンキューデス」

妊娠中のアリサ先生を心配していたのだろう。女性は安堵するように、顔のこわばりを解いた。

「だから、私が今日からセンセイ。アイザックともうしマース」

壁に貼られた世界地図を見ると、金髪の男性を描いたイラストの脇に、『アイザック・三十八歳。カナダのバンクーバー出身だよ』と可愛らしい文字で書かれてあった。なかなかインパクトのある講師だな、と思った揚羽は、ハッとして弥生を振り返る。

「弥生さん、弥生さん！」

「だ、大丈夫……だい、だいじょぶ」

まったくどこにも大丈夫そうな要素は見つからないのだが、弥生はいまにも泡を吹いて倒れそうなほど青い顔で頷いた。すると、スーツ姿の男性が腕をさすりながら周囲を見回す。

「ここ、少し寒くないですか？」

「今日は寒いデス。エアコンもっとあげまショウ」

「あの！　友人の具合がよくないみたいなので、今日は早退させてください！」

弥生の手をつかんだ揚羽は、叫ぶように告げ、椅子から立ちあがった。そして、荷物を持つと戸口に向かう。うしろから、「おダイジにー」と、アイザックの声が聞こえた。

そのまま受付を通りすぎ、英会話教室のドアを開ける。

外にでると、ひんやりとした空気が揚羽たちを包み込んだ。辺りはだいぶ暗くなり、人工的な明かりが目立つようになってきた。ドアから飛びだすようにでてきた揚羽たちを、通行人が迷惑そうに避ける。彼らの邪魔になってはいけないと、揚羽は英会話教室が入っているビルの路地裏に移動した。

「大丈夫ですか？」

「う、うん。ありがとう、揚羽ちゃん……」

「すみません、勝手に連れだしちゃって」

頭をさげると、青白い顔の弥生が首を横に振った。

「いいの。むしろ、お礼を言わなくちゃ。あのままだったら、授業が終わるまで固まったままだったと思うから。まさか、アリサ先生が産休に入っちゃうなんて……」

「別の女性の先生に代えてもらいましょう」

「それが、初心者コースの先生は二人しかいなくて……」

「だったら、別の英会話教室に変えるというのは——」

揚羽の提案に、弥生は首を横に振った。「二ヶ月分払っちゃったし、予算がもう……」と言われてしまえば、返す言葉はない。男性が苦手なのに、まさか教師まで男性になってしまうとは。

「今日はいきなりだったから。次は事前に覚悟《かくご》しておけば、きっと大丈夫」

弥生は自分に言い聞かせるように言った。そして、俯きがちだった顔をあげ、勢いよく揚羽の肩をつかむ。

「だから、揚羽ちゃん。もう一回だけ、つきあって！」

「は、はい」

「誰かがいてくれるだけで、すごく安心するってわかったの。できればアリサ先生がよかったけど、そんなわがままは言っていられないし。一度でもいいイメージができたら、あとは一人でもなんとか通える気がする……！」

鬼気迫《せま》る勢いの弥生に、揚羽は首を上下させながら頷いた。今回の弥生の状況を見ていると、一抹の——いや、かなりの不安が残るが、そこは本人もやる気に溢れているようなので、もしかしたらなんとかなるかもしれない。

「えーと、いまからでも戻りますか？」

「いっ、いまはむりっ。覚悟するにも、時間が必要だから！」

英会話教室がある通りを指差すと、弥生は必死で首を横に振った。決意表明したものの、いますぐあのカナダ人講師との直接対決は避けたいらしい。

「じゃあ、私は次回のもうし込みだけしておきますね」

「うん。次は月曜だから、時間は今日と同じでお願い」

「わかりました」

「その……私はこれから寄るところがあるから」

また月曜日に、とだけ言って、弥生はなぜか英会話教室のある通りではなく、逆方向の路地裏へと消えていった。駅への近道とも思えない。用事ってなんだろ、と揚羽が首を傾げた瞬間、それは空から降ってきた。

「ぎゃあ！」

悲鳴をあげて尻餅《しりもち》をつくと、空から降ってきたバスケットボールくらいの塊《かたまり》が、ぽよんと飛び跳《は》ねる。

「よう、お嬢ちゃん」

ゼリー状の球体から聞こえてきたのは、めちゃくちゃ甘《あま》いハスキーボイスだった。呆《ぼう》然《ぜん》としたのもつかのま。我に返った揚羽は、その球体を持ちあげると、勢いよくビルの裏口へと回った。ちょうどビルとビルのあいだの、通りからは死角となる場所である。周囲を念入りに見回し、誰もいないことを確認した揚羽は、思わず安堵の息をつく。

「ちょっと松次郎《まつじろう》さん！　誰かに見られたら、どうするの！」

球体の正体は、星野家の従業員である、スライムの松次郎だった。揚羽との出会いは去年。散歩中に様々なゴミを拾い食いしたはいいが、胃に引っかかって吐きだすことも飲み込むこともできず苦しんでいたところを、たまたま貯蔵室にやってきた揚羽が助けたのだった。

ちなみに、彼にはスモモという、手のひらサイズの娘もいる。松次郎のボディーが水色なのに対し、娘は可愛らしいピンク色だ。

「うえから見て、お嬢ちゃん以外に誰もいなかったぞ」

「それでも、誰がどこから見てるかわからないでしょう。ところで、どうしてこんなところに？」

「縄張りのパトロール中だ。お嬢ちゃんを見つけたんで、今度はどんなことに首を突っ込んでいるのか気になってな」

「……縄張りって、だいぶ広くない？」

ここは星野家から、四駅ほど離れた場所にある。揚羽が通う大学のほうが近いくらいだ。すると松次郎は、得意げに体を膨らませた。

「最近、縄張りを広げたからな」

「いまもらってるゴミじゃ足りなくなった？」

松次郎の仕事は、星野医院からでる、医療廃棄《はいき》物の処分である。星野医院は正規の医院として登録されてはいない、いわゆる闇《やみ》医者のようなものだ。しかし、医院からでたゴミを家庭ゴミと一緒にだせるわけもない。

そこで活躍するのが、どんなものでも食べてしまうスライム――松次郎である。

「食事の量は問題ないさ。ただ、男ってのはいつでもロマンを追い求める生物だからな」

「そもそも松次郎さんには性別自体ないじゃん」

「じゃあ、あれだ。生物の本能。最近、縄張りがちょっと狭いんじゃないかなーと思っててよ。いやー、しかし、さすがに広げすぎたな。悪いが、そのリュックに入れてくれ」

「帰るところだからいいけど、松次郎さんて地味に重いんだからね」

しかたなく、リュックの口を緩めると、松次郎がたぷんと体を揺らしてなかに入る。

大学からまっすぐここに来たため、教科書やノートなどもあるが、どんな形にも変幻自在な松次郎は、窮屈《きゅうくつ》そうではあるもののリュックの幅ギリギリに収まった。パンパンにふくれたリュックを見て、揚羽はげんなりと肩を落とす。

「これを背負って帰るのか……」

『いい運動になると思うぜ。最近、太ったんだろ？』

「なっ、太ってないし！」

『そうなのか？　いきなり早朝にランニングをはじめたから、ダイエットしてるのかと思ったぜ』

「体力作りです。ぜんぜん、まったく、これっぽっちも太ってませんから！」

そう叫んだ揚羽は、抗議の気持ちを込め、松次郎が詰まったリュックを両手で揉んだ。

『それはそうと、お嬢ちゃんは、どうしてあの雪女とこんなとこにいたんだ？』

「そこにある英会話教室に、一緒に行っただけだよ。っていうか、松次郎さんはいつ弥生さんに会ったの？」

『急患で運び込まれた際に、遠目で見ただけだ。ディアナの嬢ちゃんに雪女だって聞いたから、病室には絶対に近づかないようにしていたんだ』

「雪女が苦手？」

『天敵の部類だな。凍らせられても死にはしないが、動けないだろ。そのあいだに捕獲《ほかく》されたら、さすがの俺もお手あげだ。解凍されない限り、逃《に》げだすことも叶わん』

スライムの体液はとても高価で希少価値も高いらしい。しかし、それを狙って捕獲しようとしても、彼らはすばやく、わずかな隙間《すきま》があれば逃げられてしまう。また、密閉容器に閉じ込められたとしても、時間をかければその容器自体を溶かし脱出《だっしゅつ》してしまうそうだ。

確かに、凍らせたところを捕獲すれば簡単だ。むろん、弥生が松次郎を捕まえてどうこうしようというわけではないが、スライムの本能として雪女を忌避《きひ》しているのだろう。

「意外な弱点があったんだね」

『おうよ。だから俺らスライムは、極寒《ごっかん》の地だけにゃ住んでいないのさ』

「でも、弥生さんは無闇矢鱈《やたら》に力を使って凍らせたりしないよ」

『俺はその〝弥生さん〟ってのを知らないからな。君子危うきに近寄らず、だ。それで、英会話教室が終わってから、ここにいた理由は?』

「妙に拘るね。おもてだと通行人の邪魔になるから、路地に入って話してただけだよ。それに内容も、その英会話教室についてだったし」

『いや、なに。ちょっと妙だと思ってな。このさきは行き止まりで、道なんてないんだよ。あるのはいま誰にも使われていない廃ビルだけだ』

「え、でも、弥生さんは寄るところがあるからって……。そのビルを通ったほうが近いとか?」

しかし、気の弱そうな弥生が、いくら近道だからといってたった一人で人気《ひとけ》のない場所を通るだろうか。むしろ、遠回りしてでも、そういう道は避けるような気がする。

『まあ、少し疑問に思っただけだ。暗くなってきたし、そろそろ帰ろうぜ』

「うん……」

うしろ髪を引かれたが、誰にでも人から詮索《せんさく》されたくないことの一つや二つはあるものだ。それに今日は春物のコートが必要になるくらい涼しいので、ふたたび熱中症で倒れるなんてことにもならないだろう。

「よし、帰ろっか——お、重っ」

肩にのしかかるずっしりとした重みに、揚羽は顔を顰めた。これを背負って帰らなければならないなんて、いったいどんな罰ゲームだ。

「松次郎さんこそ、太ったんじゃない？」

『おいおい。スライムに肥《こ》えた痩《や》せたなんて、あるわけないだろ』

「本当に？」

『……縄張りを広げて、ちと食べすぎた自覚はある』

　このままここに置いて帰りたい誘惑にあらがいつつ、揚羽はリュックを背負いなおした。通りにでると、ちょうど帰宅《きたく》ラッシュと重なったのか、さきほどよりも仕事帰りのサラリーマンやＯＬの姿が多い。きっと電車も満員だろう。

とりあえず、英会話教室に戻って次回の予約をもうし込まなければ。駅前で交番もあるため、職務質問を受けなきゃいいな、と揚羽は思いながら、英会話教室のドアを開けたのだった。


　土日が終わり、あっというまに月曜がやってきた。

　午後の講義を終えた揚羽は、スマートフォンで時間を確認する。午後四時十分。英会話教室の最寄り駅までは十分ほどで着くため、時間には少し余裕があった。どこで時間を潰《つぶ》そうか、と考えながら講堂をでる人波に乗って廊下にでる。

「藤岡！」

名前を呼ばれ振り返ると、こちらに向かって足早に駆けてくる雪生の姿があった。

「よかった、まにあった」

「どうかした？」

「弥生さんのことで。英会話教室につきそってもらったって聞いたから」

「今日もだよ。といっても、今日で最後なんだけどね」

廊下で話していると目立つので、揚羽と雪生は講堂から離れた場所にある登山部の部室に移動した。普段は鍵がかかっているが、雪生は二年生代表で部室の鍵を持っているため自由に出入りすることができる。

六畳もない狭い部屋には、長机を二つあわせたテーブルとパイプ椅子。壁際にロッカーがあるだけで、まったく登山部という感じはしない。荷物は盗難《とうなん》防止のために、すべて個人で管理しているからだ。ちなみに、ロッカーのなかには登山関係の本がぎっしりと詰め込まれている。

「あー、なんか面倒をかけているようで……」

パイプ椅子に座った雪生は、もうしわけなさそうに頭をさげた。その向かいに座った揚羽は、慌てて首を横に振る。

「迷惑なんて、そんなことないよ。それに、英会話教室には興味もあったし。たぶん、私が就職する頃には、どの保育園や幼稚園も、いまよりもっと英語教育に力を入れていると思うんだよね。そのためには、簡単な会話くらいマスターしておいたほうがいいかなって。もちろん、そういう教室に通うのは、来年、再来年の話なんだけど」

いまは講義がびっちり入っているうえに課題も多く、とてもではないが英会話教室に通っている時間はない。登山部の先輩曰《いわ》く、三年になると実習が入ってくるが、そのぶん授業も減って余裕もでてくるそうだ。

「確かに、語学の選択授業で英語は取ってるけど、実際の会話ってなってくるとだいぶ違ってくるだろうしな」

「そうそう。それにつきそったって言っても、前回は授業がはじまるまえにでて来ちゃったから、一緒に英会話教室に行ったたってだけなんだよね。いままで女の先生だったのに、急に男の先生になっちゃって」

「マジで？」

「うん。もともと一ヶ月後に産休に入る予定だったんだけど、体調の関係からそれがはやまったんだって。受付の人に訊いたら、新しい講師の先生は決まってるけど、一ヶ月後からの契約だったから、それをはやめるってことは難しいみたい」

「そうだよな。別なとこで働いてたら、いきなり辞めますってわけにもいかないだろうし」

当分のあいだは中級者コースと上級者コースの講師が、曜日交代で産休に入った講師の穴を埋《う》めるそうだ。そのため、女性の講師をと希望しても、毎回は難しいだろうと言われてしまった。

「弥生さんは頑張るって言ってたけど……」

　正直、このままでは厳しいのではないかと思わざるを得ない。そう告げると、雪生は「だよなー」と言って頭を掻《か》いた。

「マンツーマンでやってくれるとこに変えたほうがいいんじゃないかって勧めてみたんだけど、断られちゃってさ」

「そりゃ、できるならそのほうがいいけど、お金の問題もあるし」

「金ならうちがだすって言ってるんだけど、弥生さんが頷いてくれないんだよ」

「江崎君の家が？　なんで？」

　すると、雪生は言いづらそうに視線を逸《そ》らせた。

「祖母ちゃんが弥生さんのことを気に入ったみたいで、三番目の兄貴のお嫁さんにきてほしいって……」

「私は弥生さんの身内じゃないけど、三番目のお兄さんだったら断固反対。絶対反対」

「あのときは本当に悪かったって！　いや、藤岡が怒るのもわかるけどさ！」

　思いだすだけでも腸《はらわた》が煮えくり返るようだ。去年、江崎家のいざこざに巻き込まれ、揚羽と伊織は、雪生の三番目の兄である千秋《ちあき》と対峙《たいじ》するはめになった。そのときの伊織に対する暴言の数々を思うと、とてもではないが弥生のお婿《むこ》さんにとは薦《すす》められない。江崎家とは関係のない立場ではあるが、弥生の友人として抗議するだろう。

「それに、父さんも乗り気っぽくてさ。弥生さんは由緒《ゆいしょ》正しき雪女の家系で、縁を結ぶ相手としては遜色《そんしょく》ないし。うちは昔から、血の繋がりってやつを大事にしてるんだよ」

そう言うと、雪生は少し寂しげに笑った。自分だけが人間で、血の繋がりもないことに複雑な思いを抱いているのだろう。

「弥生さんはなんて？」

「やんわりと断られた。あっちの家は乗り気っぽいけど、本人に任せるって言ってるから、もしかしたら破談になるかも。祖母ちゃんは距離を詰めるように三番目の兄貴をせっついてるけど。弥生さんは男が苦手だから、どう接していいのかわかんないぽくて」

「ふーん」

「いや、兄貴も兄貴で仕事を理由に逃げてるから、きっと破談になると思う。うん！」

「なるほどね。だから、弥生さんも妙に気合いが入ってたのか」

なにがなんでも英語力を身につけて山に帰るぞ、という意気込みを感じられたが、その背後にはそんなやり取りがあったらしい。このままズルズルと江崎家にいたら、知らずしらずのうちに婚約させられていた、なんてことにもなりかねない。

「一番目の兄貴はもう結婚してるからいいんだけど、ほかはみんな独身だから、お見合いとかそう言った話は多いんだよ。最近も、弥生さんのお世話をしてる二番目の姉貴がお見合いして、話がまとまりそうだし。まあ、姉貴が体調を崩してるから、一旦、棚上げになってるけど」

「簡単に恋愛《れんあい》結婚はできない感じ？」

「相手にもよる。祖母ちゃんや父さんたちは、本人の意思を優先するって言ってるけど、例えば相手が人間だったら、やっぱり一悶着《ひともんちゃく》あるだろうし。でも、よっぽど相手が悪い奴じゃなきゃ、反対はしないんじゃないかな。無職だったとしても、うちに就職すればいいしさ」

見合いはあくまでも出会いの場を提供する、という感じで、強制ではなさそうだ。弥生にもちゃんと拒否権があると知り、揚羽はこっそり安堵の息をついた。

「その話を聞いちゃうと、ますます今日の英会話教室が大事になってくるね」

「そうだよな……。ごめん、プレッシャーをかけるみたいになっちゃって」

「いや、知らないよりはよかったよ」

「なら、いいけど。あ、そうだ。今度、よかったら近くの喫茶店――」

雪生が言い終わるまえに、揚羽のリュックからピンク色の塊が飛びだしてきた。それは雪生の額にヒットし、宙《ちゅう》でくるくると回転しながらテーブルに着地する。そして、得意げに胸（？）を張った。

「スモモちゃん、急にでてきたらダメだって！」

「ピィイイイ！」

松次郎の娘であるスモモは、テーブルのうえで雪生を威嚇《いかく》するように反復横跳びをはじめる。

「……まえから思ってたけど、お前って俺に敵意を持ってるよな？」

額を押さえながら、雪生がスモモをねめつけた。

「なんで、スモモが？」

「リュックに入って来ちゃったんだよね。先週、スモモちゃんのお父さんをリュックに入れて帰ってきたんだけど、それが羨《うらや》ましかったみたいで。一回だけっていう約束で、連れてきたの」

もちろん、松次郎の許可は得ている。怖いのはひったくりだが、わざわざ教科書や辞書でずっしりと重い学生の荷物を狙う者もいないだろう。しかし、今日会うのは雪女だと言ったのだが、本人はまだスライムの本能が芽生《めば》えていないのか、まったく意に介した様子はなかった。

「ほら、スモモちゃん。そろそろ時間だから、なかに入って」

「ピィ！」

リュックの口を広げると、スモモはバウンドしながらそのなかに飛び込んだ。ベストポジションを探るためにゴソゴソと動き、しばらくして動かなくなった。それを確認して、揚羽はリュックの口を閉める。

「じゃあ、私はもう行くね」

「ああ。弥生さんのこと、よろしくな。スモモも勝手にでて来るんじゃないぞ」

「ビィ！」

「……なんか、俺のときだけ反抗的なんだけど」

腑《ふ》に落ちないと言わんばかりの表情で眉を寄せる雪生に別れを告げ、揚羽は英会話教室に向かうべく駅に急いだのだった。


英会話教室の椅子に座る弥生は、いまにも倒れそうなくらい顔面蒼白《そうはく》だ。駅での待ちあわせにあらわれた弥生は、はたから見てもわかるくらい緊張でガチガチに固まっていた。なにを話しかけても、「うん」以外の返答はなく、リラックスする以前の問題である。

このままでは絶対に失敗するとわかっているのだが、打開策が思い浮かばない。そうこうしているうちに、講師のアイザックがやって来てしまった。

今日の生徒は揚羽を入れて、全部で六人。先週もいた、五十歳くらいの主婦らしき女性と、二十代のスーツ姿の男性。そのほかに、茶髪でギャル風の二十代女性と、六十歳くらいの初老の男性だ。

「ハーイ、今日もよろしくお願いしマース」

アロハシャツがトレードマークなのか、今日も色彩の鮮やかな暖色系のアロハシャツを着たアイザックは、にこやかな笑みを浮かべ挨拶する。

「今日は見学の生徒サンもいマス。藤岡揚羽サンデス」

「どうも、はじめまして。藤岡揚羽です」

椅子から立ちあがって、揚羽は軽くお辞儀した。そして、椅子に座ろうとしたところで、膝のうえに置かれた弥生の手が震えていることに気づく。ここで揚羽が座ってしまったら、すぐに授業がはじまってしまうだろう。せめて弥生が落ち着くまで、時間を稼《かせ》がなければ。

「尾生鳩大学に通ってます！」

「あら、大学生なの？」

反応したのは、五十代の主婦だった。目を丸くして、揚羽を見つめている。

「ごめんなさいね。うちの子と同じくらいだから、高校生かと思ったわ」

「よく言われるので、気にしないでください」

「私は三枝木《さえき》って言うの。三枝木総子《ふさこ》。ここに通うようになってから、もう三ヶ月くらいかしら。ちょっとまえまでは、大きな病院で看護師をしてたのよ」

「看護師は英語で、ナース、と発音しマス。日本でナースと言うと、女性の意味合いが強いデスが、英語では男性の看護師サンもナースと呼びマス」

話に入ってきたアイザックは、「そうデス！」と言って、手を叩いた。

「自己紹介しましョウ。私はみなサンのお名前知ってマスが、みなサンはみなサンのお名前を知りまセン」

「えー、それって必要？」

難色を示したのは、ギャル風の女性である。あからさまに面倒臭そうな表情を浮かべ、パーマのかかった毛先をいじっている。

「私は賛成だよ。名前を知っていたほうが、挨拶もしやすいじゃないか。ちなみに私は睦月五郎《むつきごろう》と言って、今年の三月で会社を定年退職したんだ。妻との海外旅行が趣味《しゅみ》でねえ。どうせなら英語を話せたほうが楽しいだろうからと、四月からここに通っているんだ」

六十歳ほどの男性が、ゆったりとした口調でそう告げた。小柄で、髪の半分以上が白《しら》髪《が》になっている。温和で優しそうな印象の男性だ。

「え、自己紹介する流れですか？　僕は秋山《あきやま》です。見た通りのサラリーマンです。英会話は個人的なスキルアップのために通いはじめました。でも、すぐに中級者コースに移動すると思うんで。短いあいだですけど、よろしくお願いします」

「地味に嫌みな奴なんですけど。あたしだけ言わないのもあれだから言うけどさ。宇喜《うき》多美穂《たみほ》。こんな見た目だけど、歯科医師の助手してます。最近、外国のお客さんが増えてさ。会話程度でいいからできるようになりたいんだよね」

「美穂ちゃんは私の紹介。娘が美穂ちゃんとこの歯医者さんにお世話になってて。口は悪いけど、いい子なのよー」

「……やっぱ、三枝木さんとは別のクラスにしてもらいたいんだけど」

ムスッとしてはいるものの、宇喜多は気分を害した様子もなく毛先をいじり続けている。しかし、これで弥生を除いた全員の自己紹介が終わってしまった。自然と全員の視線が弥生に向けられる。

これは自分がなんとかしなければ、と揚羽が口を開こうとしたとき。

「オー、私も自己紹介してませんでシタ。私は、アイザック・オートン。カナダのバンクーバー出身です。冬季オリンピックが開かれた場所でも有名デスね。好きな食べ物はお肉デスが、日本食はとても美味しー。ベリィベリィグッド。色々食べマス。お刺身も好きデス」

「バンクーバーですか。私も二回ほど旅行に行きましたよ。自然がたくさんある都市で、サイクリングがとても楽しかった。今度、先生のお勧めの観光地を教えてください」

「ハーイ。観光地たくさんありマス。私も日本の観光地知りたいデス」

アイザックが話しているあいだに、揚羽は弥生の手を握った。ハッとしてこちらを見る弥生に、「大丈夫ですよ」と小声で話しかける。

「名前と、職業だけですから」

それに、弥生は小刻《こきざ》みに頷いて、勢いよく椅子から立ちあがった。

「氷見弥生です！　職業は登山インストラクター。初心者から上級者まで、幅広くご案内できます。登山に興味のある方は、伏見《ふしみ》旅行代理店におもうし込みください！」

そして、また勢いよく着席する。仕事の依頼募集みたいになってしまったが、無事に自己紹介も終えられた。しかし、そこに食いついてくる人物がいた。

「登山って言いましたか？」

「えっ、ハイ」

目を輝かせたのは、そっけない態度をとっていた秋山である。

「実は僕も大学時代は登山部だったんです。このあたりだと、どの山ですか？　ライセンスは？　それとも、フリーで日本各地の山にのぼっているとか？」

「センセー、秋山君がナンパしてまーす」

「違っ。僕はただ山を愛してるだけなんだ！」

ここで揚羽も登山部だとバレたら、火に油を注ぐようなものなので、そこはあえてなにも言わなかった。一方、弥生はポカンとしていたが、秋山と宇喜多のやりとりがツボに嵌まったのか、肩を震わせ必死に笑いを堪えている。

「ほら、君のせいで笑われたじゃないか！」

「ナンパが失敗したからって、逆ギレしないでくれます？」

「だからナンパじゃない！」

「大丈夫だって。きっとまたいい出会いがあるから。知らんけど」

最後の一言がトドメだったようだ。弥生は声をあげて笑いはじめる。秋山には気の毒だが、これでだいぶ緊張も解れたのでは、と揚羽は思った。そこにアイザックが手を叩いて注目を集める。

「イーデスね。だいぶ、みなサンのことがわかりまシタ。せっかくですので、英語での自己紹介も学びまショウ。まずは、名前と職業、んー、それから、好きな食べ物を言ってみまショウか。それに私が質問しますので、わかる範囲でイーので、英語で答えてくだサイ。登山インストラクターは英語で――」

アイザックは会話を途切れさせることなく、自然な流れで授業へと持っていく。ふたたび弥生を緊張の波が襲ったが、それは授業がはじまるまえのようなものではなく、英語で質問されたときも、短いものの受け答えはしっかりとできるようになっていた。

これは意外と大丈夫かもしれない、と思いつつ、揚羽も自分に向けられた英語での質問に、四苦八苦しながら答えたのだった。

予定時間より、十分ほどオーバーして授業は終わった。

人通りの少ない路地裏に移動して、揚羽は一息つく。弥生も疲れてはいるようだが、心なしか嬉しそうな色を滲ませていた。

「……ありがとう、揚羽ちゃん。なんとか通えそうな気がする。ううん。頑張って通ってみる」

一見して、相性が悪そうなアイザックだったが、なんというか質問を向けるタイミングがとても上手なのだ。もしかしたら、産休に入ったアリサ先生から弥生のことを聞いていたのかもしれないが、弥生に話しかけて返答がなくても、すぐ違う生徒に質問を振って、その流れでまた弥生に話しかける。弥生が短い単語で返すと、それを褒めたあとで、さらにこういう単語をつけくわえたほうが意味が通じやすいなど、じつにわかりやすく指導してくれるのだ。

そのお陰で、男性が苦手な弥生でも、必要以上に緊張することなく受け答えができていたように思う。

また、個人の自己紹介もよかった。あれで打ち解けられた雰囲気になり、帰り際には全員から、「さよなら」とか、「気をつけてね」などの会話があったほどだ。特に、山を愛している男・秋山は弥生に話しかけたいオーラをだしていたが、なんとなく弥生の〝男性が苦手〟という事情を察した宇喜多と三枝木のファインプレーによって食い止められていた。

「アイザック先生が言ってたじゃないですか。弥生さんは英語での質問の内容はちゃんと理解できているから、上達もはやいだろうって」

「うっ……。それはそれでプレッシャーが……」

とはいえ、気温にもよるが、通えたとしても六月いっぱいが限界だ。七月に近づくにつれ、気温は容赦なくあがってくる。

それでも、夏がすぎて秋がきたら、また通えるようになるだろう。

焦る必要はない。一歩、一歩、確実にスキルをあげていけばいいのだ。登山に似ているな、と揚羽は思った。

「山に戻るまえに、また遊びに来てくださいね。私が江崎君の家を訪ねてもいいんですけど、あそこには顔をあわせたくない天敵がいるので」

「て、天敵？」

「それは江崎君に聞いてください。今日はこのまま帰りますか？」

「えっと、私はこのあと寄るところがあって……」

ちらっ、と弥生は路地裏の奥を一瞥した。やはりこの奥になにかあるらしい。詮索しすぎるのもな、と思いつつ、揚羽は好奇心に負けて訊ねてみた。

「この奥になにかあったりします？」

「……その、隠すほどのことじゃないんだけど。猫が」

「猫？」

予想もしていなかった単語に、揚羽は驚いてオウム返しに訊ねた。

「野良猫だと思うんだけど、ケガをしてて。お祖母ちゃん特製の軟膏《なんこう》を塗《ぬ》って、手当てしてあげたの。これは動物にもよく効くから。それで、様子を見に通ってました……」

「もしかして、このあいだうちに運び込まれて来たときも？」

「うん。ケガの具合が気になったから。気温が高くなるのは知っていたけど、朝の涼しいうちなら平気だろうって……ごめんなさい」

山間部ならそうだろうが、平地ともなると朝から蒸し暑い日も珍しくはない。そのビルで倒れたわけではなくてよかった、と揚羽は胸を撫でおろした。

「でも、だいぶよくなったから、今日で最後かな。ノラの子にあまり構いすぎるのもよくないし」

「そうですね。あの、私も見に行っていいですか？」

「警戒心《けいかいしん》の強い子だから、触れたりはできないけど」

「見るだけでいいので」

それに、このまま帰ったら、弥生ともそれでさよならだ。遊びに来てほしいとは言ったものの、土日は仕事が入っていたら山に戻らねばならない。もしかしたら、顔をあわせるのはこれで最後になるかもしれないのだ。

路地裏を進むと、すぐ行き止まりになっていた。陽《ひ》もだいぶ傾いていたが、ビルとビルの合間ということもあって、不気味《ぶきみ》な薄暗さを漂《ただよ》わせている。目のまえには、裏口らしき出入口がぽっかりと開いていた。ドアは壊れてしまったらしい。残骸《ざんがい》らしき鉄製の扉が、離れた場所に打ち捨てられていた。

「な、なんか雰囲気のある場所ですね……」

「昼間は不良の溜まり場になってるみたいだから、近づかないほうがいいよ」

「なんで弥生さんは、そんな場所に入ろうと思ったんですか！」

スマートフォンのアプリで懐中《かいちゅう》電灯のようにあたりを照らしながら、弥生は裏口から入って行った。揚羽も怯《おび》えながらそのあとに続く。ビルは三階建てで、備品はなにも残っていなかった。階段をのぼりながら、弥生がぽつりぽつりと話す。

「英会話教室が終わったあと、お世話になってる江崎さんの家に帰ろうと思ったんだけど……帰りたくなくて。人がいなさそうな場所を探していたら、ここを見つけたの」

「こんなとこに一人なんて、危ないですよ」

「大丈夫。私、こう見えても腕っ節には自信あるから。ほら、雪女って女ばかりだから、幼い頃から護身術を叩き込まれるんだ。ヒグマはむりでも、ツキノワグマくらいだったら投げ飛ばせるよ」

「いや、そういう意味じゃなくて……」

まあ、ツキノワグマを投げ飛ばせるなら、人間の男くらいなんでもないのだろうが。

「そう言えば、ずっと訊きたかったんだけど、揚羽ちゃんは星野先生とどういう関係？」

「許嫁です」

「い、許嫁？」

想像もしていなかった答えだったのか、弥生は裏返った声をあげ足を止めた。

「それと、後見人でもあります。一昨年《おととし》、唯一の家族だった祖父が亡くなって、それで伊織さんに引き取られました。あ、でも、伊織さんのことは好きですよ。双方、合意のうえってやつです」

「……星野先生の正体は知ってるんだよね？」

「もちろん」

「あ、違うの。否定とか、そういうんじゃなくて、ちゃんと確認しておきたくて。だ、騙《だま》されてたら大変だから……！」

伊織の種族を批難するのではなく、純粋《じゅんすい》に揚羽を心配してのことだったらしい。

「やっぱり、ゾンビって聞くと、抵抗はありますか？」

「その、一般的な意見だけど、普通はあるんじゃないかな？　私はそもそも男性が苦手だから、種族は二の次三の次なんだけど。でも、星野先生は見た目は清潔そうだし、退院間際にゾンビだって聞かされたときは、そんな風に見えなかったからびっくりしちゃった」

弥生は、伊織が男性である、ということ以外、種族についての忌避感はそれほど強くはなさそうだ。

「ゾンビって、ヨーロッパでは人間じゃない者たちのあいだでも、嫌われる種族みたいで……」

「ああ、うん。それでか」

なるほど、と弥生はなにかに納得したかのように、頷いた。

「実は、退院するときに、忠告《ちゅうこく》されたの。揚羽ちゃんと友達になるのはいいけど、危険な目に遭わせないでほしいって」

「伊織さんが？」

「大切なんだね。揚羽ちゃんのことが。ありのままの自分を受け入れてくれる存在っていうのは、ものすごく貴重なんだよ。たぶん、揚羽ちゃんが思っているよりもずっと」

くすくす、と弥生は笑う。それから一転、ハッとして慌てて言い繕《つくろ》った。

「このことは内緒にしてね」

揚羽と伊織の関係を聞いて納得したのか、弥生はふたたび階段をのぼりはじめた。弥生が通っている英会話教室に行きたいと言ったとき、伊織は反対もせずに「いいですよ」と許可をくれた。しかし、内々では揚羽が人ではない者たちとかかわることに、不安を感じていたらしい。

過保護とも、心配性とも、少し違う気がする。自分のなかで消化できないもやもやを感じ、弥生の背中を見つめながら、揚羽は眉を寄せた。

薄暗いなかを二階までのぼると、弥生は一番手前の部屋に入った。八畳ほどの広さで、ものはなにもない。窓があるおかげで、階段ほどの暗さはなかった。ホコリ臭い匂いはしたが、床もきれいでゴミ一つ落ちていない。弥生が掃除したのだろうか。

「ノラちゃーん。手当しに来たよ」

出入口に立って弥生が声をかけると、隅に丸まっていた黒い影《かげ》がぴくりと動いた。そして、のっそりと動きだす。それは闇に紛れたら見えなくなってしまいそうな、黒猫だった。瞳は金色で、それほど大きくないところを見ると成猫になったばかりなのかもしれない。

「いい子、いい子」

弥生には慣れているのか、足下にやってきてその場に寝転がる。まるで、手当してもらえるとわかっているようだ。ただ、見知らぬ揚羽には警戒しているのか、首を持ちあげたまま、じっとこちらを見つめていた。

「あー、ちょっと距離を取りますね」

手当の最中に逃げられても困るので、揚羽は警戒されないだろう位置まで後退した。弥生はカバンから軟膏が入った容器を取りだし、黒猫のうしろ足に塗っていく。距離があるため傷の具合はわからない。

「うん。だいぶよくなったね。これなら、もう大丈夫だよ」

弥生が優しく語りかける。それに返事をするように、黒猫が短く鳴いた。するとなぜか、揚羽が背負っていたリュックがもそもそと動き、なかからスモモが飛びだしてくる。

「ピィ、ピィ！」

床を飛び跳ねたスモモは、そのまま廊下を奥へと進む。揚羽がついて来ないと気づくと、その場でバウンドし、抗議するように鳴いた。

「どうしたんだろ……」

スモモを追いかけるように廊下を進むと、彼女はとあるドアのまえで止まった。すると今度は、ドアに向かって体当たりしはじめる。勢いがつきすぎたのか、コロコロと転がっては、またドアに体当たりするという行為を繰り返す。

「ここを開けたいの？」

ドアノブを握ったとき、揚羽は不意に焦げ臭い匂いに気づいた。慌ててドアを開けると、真っ赤な炎が立ちのぼる。

「か、火事だ！」

火の範囲自体は広くはないものの、床に散らばったスナック菓子《がし》の包装紙などのゴミに引火し、じょじょに火の勢いが増している。よく見れば、煙草の吸い殻なども転がっていた。揚羽は煙を吸わないように、慌ててハンカチで口を押さえる。

「どうかした？」

「弥生さん、逃げなきゃ！　火事っ！」

それから消防署に通報である。声を聞きつけてこちらにやってきた弥生に、揚羽はパニックになりそうになりながら叫んだ。

「火事って……」

燃えさかる炎を見て、弥生は絶句する。いきなり非日常的な光景をまのあたりにしたのだから、言葉を失うのも当然だろう。

「に、逃げないと！」

慌てたように、弥生は揚羽の腕をつかむ。逃げるにしても、さきほどの野良猫も連れて行かなければならないだろう。しかし、部屋からでようとした揚羽を、なぜか弥生は制止した。

「――ストップ！　やっぱり、ダメ！」

「弥生さん？」

「ここには、ノラ以外にも猫がいる。火が広がったら、逃げ遅れる子がいるかもしれない」

「なら、部屋を確認して」

「それじゃ、まにあわない」

弥生は決意するように、口を引き結んだ。

「大丈夫。これくらいなら――私が消してみせる」

突然の冷気が揚羽の頬を叩く。

冷たい――そう感じるまもなく、視界が吹雪《ふぶき》で覆われた。

「うわっ」

揚羽はとっさに、腕で顔を覆った。あまりの冷たさに、頬が痛い。その隙間から、燃えさかる炎を見やる。

抗《あらが》うように、火の勢いが増した。

しかし、それはほんの一瞬。

圧倒的な暴風雪のまえには、どんな炎も耐えきれなかったらしい。ものの数秒で鎮火された。

そして、室内は氷で覆われ、天井からは巨大な氷柱がぶらさがる。まるで真冬の雪山のようだ。

「はあっ、はあっ」

弥生は膝をつき、その場に崩れ落ちる。揚羽は慌てて上半身を抱き起こした。いつもならひんやりと冷たいはずの体が、ほんのりと温かい。

「……ごめんなさい、つい焦ってしまって」

使いすぎた、と弥生はあえぐように言った。体が辛いのか、額には玉のような汗が滲む。とりあえず、体を冷やさなければならない。揚羽は弥生を氷漬けになった部屋に入れ、ドアを閉めた。スマートフォンを取りだして、伊織に電話をかける。

『揚羽さん？　どうか――』

「弥生さんが力を使って倒れた！　場所は英会話教室の路地裏にある廃ビルの二階。火を消そうとして、それで、それで」

『わかりました。落ち着いてください。いますぐに向かいます。そのあいだ、できるだけ弥生さんの体を冷やしてあげてください』

「うん、うん」

『大丈夫です。力を使いすぎたくらいで、死ぬようなことにはなりません。私が保証します』

伊織の言葉に、揚羽は涙目《なみだめ》になりながら頷いた。その声を聞いたことで、少し冷静さを取り戻した揚羽は、スマートフォンをリュックに戻すと、床に積もった雪をかき集め弥生の体に被せることにした。

「ううっ、冷たい。手袋がほしい」

すぐに指先がかじかんで、感覚がなくなる。また、今日は薄手のパーカにスカートという格好だったため、寒さで体が震えはじめた。それでも揚羽は手を止めずに、黙々と雪を集めては弥生の体にかけていく。

「ピィ！」

ドアの隙間から入って来たスモモは、なにを思ったか一心不乱に雪を食べはじめた。揚羽が思わず驚いて手を止めていると、今度は弥生の体に吹きかけるように食べた雪を吐きだしはじめる。みるまに弥生の体が、雪や氷で覆われていく。

「え、すごいよ、スモモちゃん！」

「ビィィイ！」

しかし、数分ほどで、そのスモモの動きも鈍《にぶ》くなってしまった。心なしか表面が凍りはじめている。それに気づいた揚羽は、慌ててスモモをつかみ、自分が着ていたパーカのなかに押し込んだ。氷の塊を服のなかに突っ込んだような冷たさに、悲鳴を飲み込む。

「……ピィ、ピィ」

「ありがとう、こんなになるまで頑張ってくれて。あとは私に任せて」

雪を集めて、弥生の体に被せる。

それを無心で繰り返した。

少しずつではあるが、弥生の呼吸も落ち着いてきたような気がする。

でも、まだ安心はできない。

もっと、もっと、体を冷やさなきゃ。

「――揚羽さん、もう大丈夫ですよ」

声よりもさきに、嗅《か》ぎ慣れた香水が鼻孔に届く。

大きなコートで視界を遮られ、覆い被さるように抱き込まれた。温かい。温かくて、涙がでた。

「い、伊織さん」

「氷見さんは体調が万全ではない状態で、力を使いすぎたせいで一時的に意識を失っているだけです。体を冷やしてしっかりと休めば、すぐに回復しますよ」

「よかった……」

揚羽は伊織のコートで、あっというまにぐるぐる巻きにされた。いままで伊織が着ていたそれは、温かく揚羽を包み込む。

「むしろ、揚羽さんのほうが重傷です。雪や氷を素手で触るなんて。ここは充分に寒いのですから、床に寝かせておくだけでよかったんですよ」

　そう言いながら、伊織は揚羽を抱え、氷漬けになった部屋をでる。それと入れ替わるようにして入って行ったのは、リチャードとディアナだ。

　外にでた途端、湿気を含んだ蒸し暑い空気が揚羽を包み込む。

「……伊織さん、外にでて、腐ったりしない？」

「私よりもご自分の心配をしてほしいところですが、これくらい平気ですよ。腐ったところで、また新しいパーツに取り替えればいいのですから。でも、揚羽さんは、そうはいかない。……本当に、気をつけてください」

　痛いくらいの力で抱き締められ、もうしわけなさと安堵感がいっぺんに押し寄せてくる。強張《こわば》っていた体から力が抜けて、思わずへにゃりと笑ってしまった。伊織は路地裏に停めてあった車の後部座席に揚羽を抱えたまま乗り込む。

　しばらくして、ビルの裏口から頭だけをだして、白い布でぐるぐる巻きにされた弥生が運び込まれてきた。それは揚羽の乗る車から少し離れた場所に停まっていた、小型のトラックに運び込まれる。

「冷凍車です。江崎組に連絡して、運転手と一緒に手配してもらいました。布で体を巻いたのは、力が暴走したときの保険です」

　冷凍車ならば、充分に弥生の体を冷やせるだろう。リチャードが運転席に、ディアナが助手席に乗り込んできて、車が発進した。

「助けに来てくれて、ありがとう。それから、服のなかにちょっと凍っちゃったスモモちゃんがいるんだけど……」

「適温のお湯に浸ければ、すぐもとに戻ります」

溜息をつく伊織の胸に、揚羽は頬をすり寄せる。弥生が火を消してくれたおかげで、あの野良猫たちは大丈夫だろう。かじかんでいた指先にも、じょじょに感覚が戻りはじめていた。

六月に入り、弥生は山に帰って行った。六月いっぱいは英会話教室に通う予定だったが、気温が高く体調の面で伊織のドクターストップがかかったからだ。

それでも、また秋になったら英会話教室に通うつもりだと言う。

「私ね、変わりたかった。だから英会話を習ってみようと思ったの」

意識を回復した弥生は、見舞いに訪れた揚羽にそう話した。旅行代理店からの提案は、本当は断るつもりだったらしい。しかし、いまのまま、人見知りで男性が苦手なままでいいのかと、自問自答した。

――ほんの少しでいい。一歩だけでも、まえに進みたい。

けれど、その一歩が本当に難しくて。

挫折《ざせつ》しそうなときに、揚羽に出会った。

むろん、揚羽だけではない。江崎家をはじめとする色々な人たちが、自分を支えてくれていたことに気づいたのだという。

――だから、次の一歩は自分から。

そう言って、弥生は微笑んだ。


「弥生さん、元気かなぁ」

リビングルームでディアナの淹れた紅茶を飲みながら、揚羽はつぶやいた。その指には包帯が巻かれている。軽い凍傷ですんだのだが、あれから数日経ったいまでも包帯を取ることは許可されていない。大学の友人たちには、軽い火傷をしたと説明してある。

「さきほど電話したときは、お元気そうでしたよ」

ちょうどリビングルームに入って来た伊織が、言葉の端を捉《とら》えてそう答える。

「できれば、もう少し貧血状態を回復してから山に帰っていただきたかったのですが」

「鉄分を意識した食生活をするから大丈夫って言ってたよ」

「そうですか」と言って、なぜか伊織は二人用のソファーに座っていた揚羽のとなりに腰をおろした。そして、逃げられないように腕をつかむ。

「ところで、氷見さんに聞いたのですが。以前、大学の登山部で山にのぼったときに、会っていたそうですね」

「あ」

「なんでも、揚羽さんは登山部の方々とはぐれ、一人迷子になっていたとか。そのような話は聞いた覚えがありませんが、どういうことでしょう？」

「あ、あは、あはははは」

弥生への口止めを忘れていた。笑って誤魔化せないよな、と揚羽は、穏やかそうに見えてまったく笑っていない伊織の目を見て、がっくりと肩を落としたのだった。

第二話　小さなモノノケたちのお引っ越し

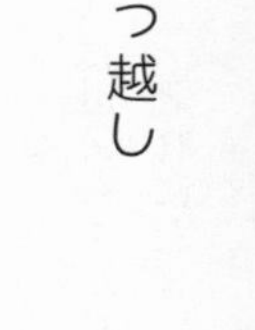

「あのね、伊織《いおり》さん。私、お祖父《じい》ちゃんの家に行きたいんだけど」

揚羽《あげは》がそう言った瞬間、ディアナは運んでいた紅茶《こうちゃ》をトレイごと宙《ちゅう》に舞わせた。たまたま室内にいたリチャードが冷静にそれを受け取り、何事もなかったかのように揚羽のまえに置く。

「本日の茶葉は、ニルギリとなっております」

「ありがとうございます」

五月もそろそろ終わろうというところ。大学から帰宅《きたく》すると、いつもは夜にならないと屋敷に戻って来ない伊織が、珍《めずら》しくリビングルームで寛《くつろ》いでいた。今日の午後はそれほど診察予約が入っていなかったらしい。一人掛けソファーに座り、英語で書かれた医学書に目を通している。

夕食まえの軽いティータイムでも、と誘われ、揚羽はそのまま二人掛けのソファーに座った。ちょうど伊織に話しておきたいことがあったからだ。

「揚羽様。どうか、考え直してはいただけませんか？」

未《いま》だかつてないほどの真剣《しんけん》な眼差《まなざ》しで、ディアナは揚羽のまえに跪《ひざまず》いた。それを制したのは、医学書を読んでいた伊織である。

「おそらく、揚羽さんはそういう意味で言ったわけではないと思うよ」

「旦那様《だんなさま》。医学書が真っ二つに裂《さ》かれておりますが」

「少し力が入ってしまったみたいだ。それで揚羽さん。詳しく話してもらえますか？」

伊織は医学書をテーブルに戻し、普段と変わらぬ表情を揚羽に向けた。

「いや、別に実家に戻りますとか、そういうことじゃないからね。そろそろお祖父ちゃんの遺品《いひん》を整理しなきゃと思って」

星野《ほしの》家に来るまえに、家の掃除はしたが、亡《な》くなった祖父の遺品は手つかずのままとなっていた。当時は唯一の家族だった祖父の死を受け入れるだけで精一杯で、ほかのことまで頭が回らなかったのだ。

「重光《しげみつ》さんが亡くなられてまだ一年と少しです。遺品もいずれは整理しなければなりませんが、それほど焦《あせ》らなくてもいいのでは？」

「もちろん、一気にやっちゃうわけじゃないよ。今回はお祖父ちゃんが使っていた布団や洋服とか、傷《いた》みやすいものだけ処分しようかと思って。それにたまには掃除もしないと」

「でしたら、私もお手伝いいたします」

誤解だとわかったディアナは――無表情ではあるが――やる気に満ちた眼差しを、こちらに向けてきた。

「嬉《うれ》しいけど、行くのは日中だからごめんね。あそこ、電気を止めちゃってるから、明かりがつかなくて」

「そ、そんな……」

「大掃除するわけじゃないから、大丈夫。それに松次郎《まつじろう》さんとスモモちゃんが一緒に来てくれるっていうし」

普通《ふつう》ならば、粗大《そだい》ゴミなどはリサイクル業者に代金を払って引き取ってもらわなければならないところだが、揚羽には松次郎という強力な助《すけ》っ人《と》がいる。ほどほどの大きさに解体してしまえば、すべて松次郎とスモモが食べてくれるのだ。それに祖父と暮らしていた家は、平屋の一戸建てで部屋数も少なかった。半日もあれば、余裕《よゆう》を持って掃除を終えられるだろう。

「日曜にしていただければ、私もご一緒できますが――」

「伊織さんはもっとダメ。外にでないからわからないと思うけど、最近は気温だけじゃなくて湿気《しっけ》もすごいんだよ」

屋敷では、地下も含《ふく》め各部屋に二台ずつ置かれた除湿機のおかげで、湿気の少ない快適な空間が保たれている。そこにエアコンも併用しているので、一ヶ月の電気代は怖くて訊《き》けない。

「それに日曜は雨で、土曜のほうが天気もいいんだよね。どうせ掃除するなら、晴れの日がいいし。というわけで、今週の土曜日は、朝お祖父ちゃんの家に行って来ます」

子供ではないので、いちいちどこにでかけるのか報告の必要もないと思うが、以前、江崎《えざき》組関連で誘拐《ゆうかい》されそうになったことがあるため、報《ほう》・連《れん》・相《そう》は大事だ。ちなみに、一度迷子《まいご》になったことがあるスモモは、体内に伊織からわたされた高性能なＧＰＳを所持している。

「やはり、日中でも自由に動ける使用人がほしいですね」

伊織の台詞《せりふ》に、リチャードとディアナも深く頷《うなず》いた。揚羽としては、星野医院の事務員と看護師を雇用《こよう》するほうがさきなのでは、とは思うが、反論が返ってきそうなので口を噤《つぐ》んだ。

「喜助《きすけ》君に捜してもらってはいるのですが」

「まあ、普通の求人とは違うから」

喜助とは、去年知りあった、便利屋を営む猫又の青年である。一応、江崎組の傘下《さんか》に入ってはいるが、檜山《ひやま》たちのように直接、組に所属しているわけではない。仕事柄、日本全国を飛び回っているため、人材捜しにはうってつけの人物だ。

ディアナに好意を寄せているため、父親であるリチャードに対して強い発言権を持っている伊織に、いいところを見せようとはりきっているようだが、なかなかうまくはいっていないらしい。喜助の名前がでた途端《とたん》、リチャードは渋《しぶ》い顔つきをした。

「やはり、あの者ではなく、別の方に依頼《いらい》なさってはいかがでしょう？」

「喜助君はなかなかに有能ですよ。スタッフ捜しは難航《なんこう》していますが、それ以外の依頼は完璧《かんぺき》です」

「………………」

伊織は意外と喜助を重宝《ちょうほう》しているらしい。リチャードはそれが余計におもしろくないようだ。

「揚羽さんも近場とはいえ、気をつけてくださいね」

「うん」

祖父の家を掃除するだけなので危険な目に遭《あ》いようもないのだが、揚羽は余計なことは言わずに頷いたのだった。最近の伊織は、特に心配性だなと思いながら――。

土曜日の朝。揚羽は松次郎とスモモが入ったリュックを自転車のカゴに載《の》せ、星野家を出発した。星野家から祖父の家までは、だいたい自転車で四十分といったところ。最近は早朝のランニングを頑張《がんば》っているので、以前よりも体力はついた気がする。また、荷物も――松次郎とスモモを除けば――財布と携帯《けいたい》電話程度なのもありがたい。箒《ほうき》などの掃除用具は祖父の家に揃《そろ》っているため、ほぼ手ぶらの状態だ。

青空のもと、自転車を漕《こ》いでいると、じょじょに周りが懐かしい見慣れた光景に変わっていく。幼い頃に通った小学校や、その通学路。よく寄り道した駄菓子《だがし》屋に、毎週のように友達と集まって遊んだ公園。

遠回りになるけれど、車の多い大通りを避けて路地裏を進む。それは中学校時代、よく通っていた道だ。

「懐かしいなぁ」

涼やかな風に髪をなびかせながら、揚羽はつぶやいた。古いブロック塀が続いて、十字路を右に曲がったさき。その路地の突きあたりに、祖父と暮らしていた家はあった。

揚羽は自転車を降りて、久し振りの我が家を見あげる。

年季の入った平屋の一軒家で、家の周りに塀はなく、道路との境目を示すために数本の紫陽花《あじさい》が植えられていた。まだ時期には少しはやいようで、紫陽花の葉だけが青々と茂《しげ》っている。祖父と交流のあった近所の老夫婦がたまに庭の手入れをしてくれているため、紫陽花の垣根から見える庭先はきれいなものだった。あとでお礼を言いがてら、顔をだしに行こうと心に留《と》める。

『お、なんだ。ついたのか？』

「待ってて。いま、鍵《かぎ》を開けるから」

リュックを抱えた揚羽は、たてつけの悪くなった戸を開け、なかに入った。玄関《げんかん》は薄《うす》暗《ぐら》く、奥へと続く廊下《ろうか》には目視できるくらいに白っぽいホコリが溜《た》まっていた。

「……ただいま」

懐かしさと、それから幾許《いくばく》かの寂寥《せきりょう》を込めて。そのあとで揚羽は、「よし！」と湿っぽい空気を吹き飛ばすように声をあげ、玄関の式台にリュックを置いた。口を緩《ゆる》めれば、松次郎とスモモが飛びだしてくる。

「ほー、ここがお嬢《じょう》ちゃんが暮らしていた家か。ずいぶんと狭《せま》いな」

「あのね、伊織さんの屋敷と比《くら》べないでくれる？　あっちの広さが異常だから」

「わかってるって。暮らしやすそうでいい家じゃねぇか。階段がないのもいいな。いまのとこは無駄に広いから、移動が大変でよ――うわっ、すげぇホコリ」

褒《ほ》めているのか貶《けな》しているのかわからないコメントのあと、松次郎は驚《おどろ》いたように声をあげた。松次郎が飛び跳《は》ねながら移動した跡が、廊下にくっきりと残される。スモモも父を真似《まね》るように飛び跳ね、廊下には大小二つのドット模様が描かれた。

「まずは換気《かんき》して、拭《ふ》き掃除からかな。水道は止まってるから、松次郎さんよろしく」

「おうよ。水はたっぷり飲み込んできたから、じゃんじゃん使っていいぞ。未消化のゴミまで吐《は》いちまうかもしれんが、そこは大目に見てくれ」

「さすがにそれは嫌なんですけど」

祖父と暮らしていた平屋の家は、三畳《じょう》ほどの台所と八畳の居間、それに六畳ほどの和室が二つ。居間に面した庭も洗濯物《せんたくもの》を干すスペースがギリギリある、というくらいだった。それでも、二人で暮らすには充分で、狭いと思ったことはなかった。どこにいても常に微《かす》かな祖父の気配があって、一人ではないことに何度も安心した覚えがある。祖父が亡くなってからは、逆にこの家が広く感じられたほどだ。

部屋中の窓を開けて換気したあと、松次郎に頼み風呂《ふろ》場《ば》のタライに水を張ってもらう。水道が止まっているため、清掃用の水の運搬をしなくていいのはとても助かる。しかし、相当な量の水を飲み込んだにもかかわらず、松次郎のサイズと重さはまったく変わらなかった。あの大量の水はいったいどこに貯水されているのだろうか。

水拭きのまえに廊下を箒で掃《は》きながら、揚羽はぼやいた。

「掃除機が使えると楽なんだけどな。水だけじゃなくて、電気も貯蔵《ちょぞう》できない?」

「やったことはないが、うっかりゲップして誰《だれ》かを感電させそうだな」

「……やっぱ、いいです」

あらかたホコリを掃き終えたら、今度は水拭きだ。雑巾《ぞうきん》を絞《しぼ》って、丁寧《ていねい》に床を拭いていく。星野家のような豪邸《ごうてい》ならば数時間はかかる作業工程も、狭い平屋だと一時間もかからずに終わってしまう。

汚《よご》れた雑巾を水で洗い、それを日当たりのいい縁側にハンガーで吊《つ》るす。

「さて。次はお祖父ちゃんの部屋かな」

自分の部屋は、引っ越しの際に不要な物はすべて処分してしまった。残っているのは、小学生のときからずっと使ってきた勉強机だけ。そちらはホコリを掃きだして雑巾で乾《から》拭《ぶ》きすればお終《しま》いなので、後回しにしてもいいだろう。

玄関から廊下をまっすぐに進んだ突きあたりが祖父の部屋だ。玄関同様にたてつけの悪くなった襖《ふすま》を、少し力を込めて押し開ける。

室内はカーテンを閉め切っているせいで、薄暗い。

壁という壁に本棚《ほんだな》が並び、そこに入りきれなかった蔵書が畳のうえにもうずたかく積みあげられていた。部屋のまんなかには長方形の座卓があって、その手前には藍《あい》色の座布団が一枚置かれている。

襖を開けると祖父はいつもそこに座って、自分の足で収集した伝承や民話をパソコンにまとめていた。老眼で、まえのめり気味になりながら、慣れない手つきで一文字、一文字。

「すごい数の本だな」

揚羽のあとから入って来た松次郎が、物珍しそうに室内を見回した。

「もともと読書家だったからね」

閉め切っていたカーテンと窓を開けると、玄関を半分開けたままにしているため、清《せい》涼《りょう》な空気が通り抜けた。

「何冊か借りてもいいか？」

「いいけど、松次郎さんが読むの？」

「俺《おれ》は人間のように学校には通えないから、こういうもので知識を広げてきたんだよ。廃品回収にだされた新聞紙や雑誌なんかも、よく読んだな。難しい漢字も、ふりがなが振ってあれば辞書で引けるしな」

「松次郎さんを見てると、スライムってことを忘れそう……」

普通のスライムは人の言葉を話したりはしない。スライム同士での意思の疎通《そつう》はできるため、わざわざ言葉を覚える必要がないそうだ。松次郎は昔、知りあいから日本語を学んだらしい。

「松次郎さんのなかに入れれば、何冊でも持って帰れるよね」

「おう。ただ、入れてたことを忘れてるかもしれないから、念のため家に帰ったら声をかけてくれ」

「うっかり消化したりしないでよ」

「大丈夫だ。たぶん」

本をわたすのは、帰り際ギリギリになってからにしよう、と揚羽は決意した。室内をぐるりと見回して、押し入れのところで視線《しせん》をストップさせる。

「まずはお布団だね。もったいないけど、これはどうしようもないしな」

「お、食い物か」

押し入れを開け、祖父が使っていた布団一式を取りだす。何十年も使っていた年代物なので、捨てる以外の選択肢《せんたくし》はないだろう。

「食べやすいように、細かくしたほうがいい？」

「丸めてくれれば問題ない。その枕《まくら》はスモモにやってくれ」

「こっちはさすがに穴を開けたほうがいいよね」

蕎麦殻《そばがら》の枕にハサミで切れ目を入れると、スモモはそこに体を突っ込み中身の蕎麦殻を食べはじめる。その横で、松次郎は揚羽が丸めた布団を、恵方《えほう》巻《ま》きのように飲み込んでいった。

「……それ、美味《おい》しい？」

「ん？　この布団か？　俺は人間のような味覚がないからな。プラスチックみたいにプチプチ感があると、俺も食ってて楽しいんだが」

松次郎の好物はプラスチックだが、スモモの好物は植物の花びらだ。特に桜の花びらが大好物らしい。味覚がないのであれば、嫌いなものなどはなさそうだ。

「そういえば、お嬢ちゃんに頼みたいことがあったんだ」

丸めた布団を飲み込んだあと、松次郎が思いだしたように言った。

「以前にスモモを捜して植物園に寄ったことがあっただろ。覚えてるか？」

「うん。住宅街にあった植物園だよね」

以前、行方不明になったスモモを捜していたとき、立ち寄った場所だ。名称は、小金《こがね》井《い》植物園。小規模ながら、亜熱帯の植物を中心に様々な種類が育てられている。

「近々、閉鎖するらしい。それでな、あそこには小さい奴《やつ》らがいただろ」

揚羽が見たのは、温室のウツボカズラのなかに潜《ひそ》んでいた、一つ目の黒い毛玉のような生き物だった。植物園の温室は一年を通して気候《きこう》が安定しているうえに、隠れられる場所が豊富なため、ああいう名もない小さな生き物たちに人気らしい。

「引っ越しさきを探しているそうだ。いい場所を知らないか？」

「いい場所と言われても……って、いつのまに仲良くなったの？」

「あそこは一年中花が咲いてるだろ。何回かスモモを連れてってやったんだよ。それで顔見知りになってな。スマホとやらで、パパッと探してみちゃくれねぇか」

「いいよ。植物園で検索《けんさく》すればいいんだよね。大きな公園とかだったら、冬でもわりと身を隠せそうな植物もあると思うけど。一応、そっちも探してみる？」

「いや、温室のある植物園だけにしてくれ。あいつらは寒さに弱いんだ」

「了解。じゃあ、あとで調べておくね」

「頼んだぞ」

そう言って、松次郎は揚羽が丸めておいた毛布を飲み込みにかかった。押し入れの布団類をだし終えた揚羽は、続いて箪笥《たんす》を開けた。防虫剤の匂いが鼻にツンとくる。

「……服は、まだこのままでいいかな」

そのままにしておくと傷みやすい布団類はしかたないが、祖父が身につけていたものを処分するのは、まだ躊躇《ためら》いがある。抽斗《ひきだし》からはなにもださずに、揚羽はそのまま元に戻した。

「そうだ。あとで分別しようと思っていたゴミが――」

そのとき、不意に玄関のチャイムが鳴った。それに反応するように、毛布を飲み込んでいた松次郎が、みょんと体を縦にのばす。

「誰だ？」

「近所の人じゃないかな。松次郎さんとスモモちゃんはここにいてね」

おもてに自転車を停めておいたので、それに気づいた誰かが訪ねて来たのかもしれない。祖父の部屋の襖を閉め、揚羽はささっと身形《みなり》をなおすと玄関に向かった。

「はーい、いま行きまーす」

靴をつっかけ、換気のために半分ほど開けていた玄関の戸から顔をだす。そこに立っていたのは、見覚えのない男性だった。

身長は伊織よりも高いが、細身のためそれほど大柄《おおがら》には見えない。日差しにキラキラと輝《かがや》く金髪は、襟足《えりあし》は地肌が見えそうなくらい刈《か》りあげられているが、前髪《まえがみ》は目を隠すほどに長い。その肝心《かんじん》の目は、黒いサングラスに遮《さえぎ》られよく見えなかった。

年齢《ねんれい》は三十をすぎたくらいだろうか。黒いシャツと白のズボンを、少し着崩《きくず》すように身につけ、首から細いチェーンのネックレスをかけている。そこには男の外見には少し不釣《ふつ》りあいの、金色のロケットペンダントが揺《ゆ》れていた。

「ど、どちら様でしょうか？」

どう見ても近所の人ではない。祖父の知りあいにも、心当たりはなかった。男は無言で揚羽を見下ろしたあと、口元に笑みを浮かべる。そして、いきなり揚羽の両脇《りょうわき》に手を差し込み、そのまま持ちあげた。

「だいぶ大きくなったな。もう高校生か？」

「うわっ、ちょ、降ろして、降ろしてください！」

「しかし、高校生のわりには痩《や》せすぎだな。よし、おじさんがなにか好きなものでも奢《おご》ってやろう！」

「私は、もう、大学生、です！」

渾身《こんしん》の力を込めて主張すれば、男はぴたりと動きを止めた。揚羽を三和土《たたき》に降ろすと、身長を測るかのように頭に手を置く。

「……あれだ。きっとまだ、成長期が来てないんだな」

「身長のことはほっといてください。それよりも、どなたですか？」

ムッとしながら訊《たず》ねると、男はきょとんとしたあとで、「あー、さすがに覚えてないか」と言って頭をかいた。

「お父さんの友人だよ。揚羽とも、赤ん坊の頃に何度も会ってるぞ」

「え……」

揚羽は絶句した。亡くなった父の友人と会うのは、これがはじめてのことだったからだ。

「君がお祖父さんに引き取られて以来か。何十年振りだろうな」

「祖父とも知りあいなんですか？」

「いや？　名前と顔くらいは知っていただろうが、息子《むすこ》夫婦の知りあいってくらいだろ。ああ、そうか。覚えてないなら、名乗らないとな。俺は棗《なつめ》という。亡くなったお父さんとお母さんの古い友人だ」

棗と名乗った男は、揚羽を見下ろしながらサングラスの奥で目を細めた。

「本当に？」

「疑われてるなぁ。まあ、この物騒《ぶっそう》なご時世、それくらいの警戒心《けいかいしん》はあったほうがいい。

証拠《しょうこ》ならあるぞ——これだ」

シャツの胸ポケットから取りだしたのは、古びた黒塗《くろぬ》りの手帳だった。そのあいだに挟《はさ》まれていた写真を揚羽の目のまえに掲げる。

「四人で撮《と》ったものだ」

少し色褪《いろあ》せた写真には、二十代と思《おぼ》しき男女と、その女性に抱かれた生まれたばかりの赤子。そして、いまより少しだけ若い棗が写っている。棗は親しげな様子で男性と肩を組み、三人とも楽しそうな笑みを浮かべていた。全身を撮った写真なので、顔の造作まではっきりとは写っていなかった。

「君のお父さんとお母さんだ。もちろん、この赤子は君だな。確か、四ヶ月くらいか？よく寝る子だった。俺は一緒に遊びたくて、君を起こしては大泣きさせ、お母さんに叱《しか》られていたよ」

「……でも、私、お父さんとお母さんの顔をよく知らない」

祖父はもともと、息子である父とは疎遠だったと聞いている。息子夫婦が一人娘《むすめ》をおいて亡くなったという知らせも、だいぶ経《た》ってから受けたらしい。遺体はすでに荼毘《だび》にふされ、死因も不慮の事故で亡くなったと聞かされただけだったという。

結婚したことは、ハガキで知ったそうだ。だから両親が揃っている写真は一枚もなく、唯一、父親の若い頃の写真がアルバムに残るだけだった。

「喧嘩《けんか》して家を飛びだしたそうだから、バツが悪くて帰りづらかったんだよ。君のお母さんからも、そろそろ和解したらって何度もせっつかれていたほどだ」

「どうして喧嘩したんですか？」

「さあ？　子供というものは、一度は父親に突っかかるもんだ。ささいなことが理由だったかもしれないし、大きな意見の相違があったのかもしれない。でも、腹を割って話しあえば和解できるような、そんなことだったんだろうな」

そう言って、棗は写真を手帳に戻した。

彼らとの記憶《きおく》がないので、懐かしい、会いたい、というような感情は湧《わ》かないが、それでも、どう言葉にあらわせばいいのかわからない、複雑な想いが込みあげてきた。

「あの、すみません。祖父が亡くなったことはご存じですか？　それに、家にあがってもらうべきなんですけど、いまは掃除中で。私、ここで暮らしてるわけじゃないから」

「お祖父さんのことは聞いているよ。すぐに駆《か》けつけたかったけど、俺も仕事で身動きが取れなくてね。今日はたまたま揚羽が戻って来てくれていて、助かったよ。いまはどこで暮らしているんだい？」

「……私の後見人になってくれた人と暮らしてます」

許嫁《いいなずけ》とまでは言わなくてもいいかな、と思い、揚羽はそこの部分だけを省《はぶ》いた。

「後見人？」

「はい。お祖父ちゃんの友人で、自分にもしものことがあったら、孫《まご》をよろしく頼むとお願いしていたそうです」

「そうか。それは残念《ざんねん》だったな。後見人なら俺も立候補したのに」

嘘《うそ》か本当かはわからないが、棗は大袈裟《おおげさ》に溜息《ためいき》をついて肩を落とした。伊織のことは祖父から何度となく聞かされていたが、両親の友人である棗のことは一度も聞いた覚えがない。いきなり後見人になりたいと立候補されても、揚羽は断っただろう。

「あのときも。本当なら、俺が君を引き取るはずだったんだがなぁ」

「え?」

「いやいや、こっちの話。こんなにいい子に育って、おじさんは嬉しいよ」

大きな手が頭を撫《な》でる。

それになぜか、揚羽は既視感《きしかん》を覚えた。

小さな、本当に幼い頃。きっと物心がつくよりもまえ。こんな風に頭を撫でられたような気がする。それは亡き父親だったのか。それとも、棗だったのかはわからない。心が温かくなるような、懐かしい気持ちが込みあげてくる。

「棗さんは――」

両親のことを訊ねようとした瞬間、頭を撫でていた手の感触が消えた。ハッとして顔をあげると、感情が抜け落ちたような顔をした伊織が、棗の手首を握っていた。

「彼女に触らないでください」

「おたくの許可は必要ないと思うが？」

「私は揚羽さんの許嫁です」

「それは初耳だ」

ピリピリとした一触即発の空気に、揚羽は口を挟めない。そもそも、なぜ伊織がここにいるのか。

「彼女のお祖父さんが決めたことですが、揚羽さんの承諾《しょうだく》もあります」

「揚羽もずいぶんと趣味《しゅみ》が悪いな」

そう言って、棗は眉を顰《ひそ》めた。そして、揚羽と伊織を交互に見比べ、「ああ、そうか」と頷く。

「君が揚羽の言っていた後見人か」

溜息をついて、棗はつかまれていた手首を力任せに引き剝《は》がした。そして、じろじろと無遠慮に伊織を眺《なが》め回す。

「……嫌な臭いがするな」

独り言のように、棗はつぶやいた。

「甘《あま》ったるい、なにかが腐ったような臭いだ。香水《こうすい》でうまい具合に隠しているようだが……ふむ」

考え込むようにアゴに手を当てた棗は、警戒する伊織に気づくとにっこりと笑って見せた。

「俺は情報至上主義なんだ。君のことをなにも調べずに、先手必勝をかますつもりはない」

「それは宣戦布告でしょうか？」

「いやいや。俺は揚羽が幸せなら、口出しはしないさ。ただ、悪い大人が周りにいるんじゃないかと、心配しているだけだ。今日は挨拶《あいさつ》だけのつもりだったから、これで帰るとしよう。仏壇に線香をあげられなかったのは、残念だ」

仏壇はあるが、そこに祖父や両親の位牌《いはい》はない。棗が来るとわかっていたなら、位牌を持って来たのに、と揚羽は悔やんだ。

「あの、せめて連絡先《れんらくさき》を教えてください！」

「それはまたの機会に。その番犬がいまにも噛《か》みついてきそうなんでね」

揚羽に向かって手を振る棗を呼び止めようとしたが、それを伊織の背中が遮ってしまう。棗は気分を害した様子もなく、軽快な笑い声をあげるとそのまま歩いて行ってしまった。

「……あ、そうだ。伊織さん！」

我に返った揚羽は、慌《あわ》てて伊織の手を引いて家のなかに押し込んだ。こんな炎天下にいたら、あっというまに肉体が傷んでしまう。いくら替えがあるからといって、伊織の体が傷つくことを見逃《みのが》すわけにはいかなかった。

「外にでたらダメだって、あれほど言ったのに。日本の湿度は半端ないんだから――」

「さきほどの方は、どなたですか？」

揚羽の台詞を、伊織は食い気味に遮った。その顔からはいつもの笑みが消え、感情の籠《こ》もらない眼差しが揚羽へと向けられる。

「……棗さん。お父さんとお母さんの古い友人らしいよ。お父さんたちと一緒に写っている写真も見せてもらったから、本当だと思う」

そこでふと、揚羽は疑問に思った。

写真に写る父と母、それに棗は同世代に見えた。しかし、少なくともあれから二十年近く。単純に計算しても、棗は四十を越えていなければおかしい。それなのに棗はいまも若いまま。どう見ても三十歳前後にしか見えなかった。年齢よりも若く見られるだけかもしれないが――。

そんな思考を遮断するように、伊織が固い口調で告げる。

「彼とはもう会わないでください」

「どうして？　棗さんはお父さんたちの友人なんだよ。私、もっとお父さんたちのことを聞きたい」

「フルネームは？　年齢、職業は？　友人だからという理由で、闇雲《やみくも》に人を信じるのは危険です。写真だって合成したものかもしれない。もしそれでも会いたいというのであれば、私たちの家で、私の同席のもとにしてください」

伊織にしてみれば、珍しいくらい強い口調だった。揚羽だって、警戒心は忘れていないつもりだ。棗と会うならファミレスか喫茶店といった、人の多い場所を選択するし、今回のように誰もいない場所で二人きりになるような展開は避けたい。

「……伊織さんは、どうしてここに？」

「話を逸《そ》らすほど、彼が気になっているんですか？」

「あの人はお父さんたちの友人っていうだけで、それ以上でも以下でもないよ。それより、私の質問にも答えて」

揚羽の肩をつかむ伊織の手が重い。怖いとすら感じてしまう。そんな自分に揚羽は戸《と》惑《まど》いながらも、まっすぐに伊織の顔を見あげる。一瞬、それに伊織の瞳《ひとみ》が揺れたような気がした。

「私は、ただ――」

「そこまでだっ！」

べちゃっ、と音が響《ひび》いて、松次郎の半透明《はんとうめい》ボディが伊織の顔に張りつく。

「ちっと頭を冷やしたほうがいいぜ」

そう言って、松次郎は体内に溜めていた水を伊織の頭上から吐きだした。スライムを顔に張りつかせたまま、伊織はあっというまに全身ずぶ濡《ぬ》れになってしまう。

「ま、松次郎さん！」

「まったく。感情にまかせて暴走しかけるなんて、あんたらしくないぞ」

床に飛び降りた松次郎は、呆《あき》れたような声をあげた。それを呆然《ぼうぜん》とした眼差しで見下ろした伊織は、前髪から水滴をしたたらせながらつぶやく。

「……もうしわけ、ありませんでした」

「それは俺じゃなく、お嬢ちゃんに言ってやんな」

「それより水を拭かなきゃ。あ、でも、雑巾しかない！」

「いえ、私はこのまま帰ります」

伊織は弱々しげに微笑《ほほえ》んで、そのまま玄関に背を向ける。揚羽は追いかけたが、伊織は取りつく島もなく、おもてに停めた車に乗り込んでしまった。

「行っちゃった……」

まるで逃げるように遠ざかって行く車を見つめ、揚羽はがっくりと肩を落とす。そのまま悄然《しょうぜん》と家に戻ると、玄関の式台で松次郎が待っていた。

「松次郎さん……」

「なに、過去の男の出現で、少し焦っちまっただけさ」

「勘違《かんちが》いされそうな言いかたは、止《や》めてもらえます？」

「ただ俺も、さっきの棗って奴とは二人っきりで会わないほうがいいと思うぞ」

「そりゃ、さすがに二人きりでは会わないけど……って、見てたんだ」

「お嬢ちゃんが連れていかれちまったら、大変だろ。だからこっそり護衛《ごえい》してたのさ。いざってときは、顔に張りついて窒息《ちっそく》させればいいしな。人間相手なら、大抵はこの戦法でいける。スモモにも教えといたぞ」

意外とワイルドな戦いかたである。揚羽はきれいに掃除した廊下の床に座った。

「それにしても、伊織さんはどうしてここに来たんだろ」

「心配なんだろうよ。お嬢ちゃんはなんにでも首を突っ込みそうだからな。こないだも、山に行って迷子になったろ。それに、雪女を助けようとして、指先が凍傷にもなったな」

「うっ、それを言われると……っていうか、迷子じゃないし。あと、凍傷にはなりかけただけで、なってはないから」

訂正はしてみたものの、自分でも伊織に心配をかけてしまったことは否定できなかった。これでも気をつけているつもりではあるのだが。

「さて、掃除に戻ろうぜ。スモモは大人しいな。まだ枕の中身でも食ってんのか？」

松次郎はさっさと頭を切り替え、祖父の部屋へと行ってしまった。開けたままの戸の隙間《すきま》から、気持ちいい風が廊下を通り抜けていく。それなのに、伊織のことが胸に引っかかって、もやもやが晴れない。

「……よし。掃除するか」

揚羽は自分に言い聞かせるように、強めの口調で宣言した。悩《なや》んでも、どうしようもない。ここは一刻もはやく掃除を終わらせ、屋敷に戻ってあらためて伊織と話しあうべきだ。

スピーディーに掃除を終わらせるため、揚羽は脳裏《のうり》で順序を考えながら、松次郎のあとを追いかけるように祖父の部屋へと向かったのだった。

翌日《よくじつ》のうららかな昼下がり。揚羽はふたたび、リュックに入れた松次郎を自転車の前カゴに載せ、ペダルを漕いでいた。

「二日続けては、さすがに、きつい……！」

額《ひたい》に汗を滲《にじ》ませながら、歯を食い縛《しば》る。ちょうど急勾配《きゅうこうばい》の坂道で、揚羽は数メートルも行かずにギブアップして自転車を降りた。そして、疲れた溜息をつきながら、自転車を押して坂道を進む。周りに人気《ひとけ》がないことを確認したのか、リュックのなかから松次郎が話しかけてきた。

『俺だけ楽しちまって悪いな。縄張《なわば》りだったら、下水道を通って移動できるんだが』

「……今度、お金を貯めて電動自転車を買おうかな」

揚羽が愛用しているのは、高校時代も通学に使ったママチャリだ。大学はバス通学なので、滅多に乗ることはないだろうと思っていたが、意外と活躍《かつやく》の頻度《ひんど》は高い気がする。

『自動車の免許を取るという手もあるぞ』

「そんなお金ないし。それに車も買わなきゃいけないんだよ」

『伊織の旦那に言えば、どっちもだしてもらえるだろ』

その名前に、揚羽は思わず足を止めそうになった。

昨日、屋敷に帰ったら伊織と話しあおうと思っていたところ、肝心の伊織が研究室に籠もってしまい、結局、顔をあわせることができなかったのである。今朝もやはり研究室にいるようで、困惑《こんわく》気味のリチャードから、「もうしわけありません」と謝られてしまった。

避けられているのか、それとも本当に忙《いそが》しいのか。

案外、夜になったら何事もなかったかのように、リビングルームで寛いでいる可能性もある。とりあえず、二、三日は様子見するしかないだろう。

「衣食住の面倒を見てもらっているんだから、これ以上は甘えられないって」

『そうか？　スモモはわりと甘えてるぞ。うちの庭に花の種類が増えたのも、スモモが伊織の旦那におねだりしたからだ』

「おねだりのレベルが違うし。夜遅《おそ》くにリチャードさんが庭の手入れに励《はげ》んでるなって思ったら、それが理由だったんだね」

『プラスチックも種を植えたら生えてくればいいのにな』

さすがに人工物が実る種は存在しないだろう。息を弾《はず》ませながら坂をのぼると、目的地である小金井植物園の看板が見えてきた。

「やっと着いた……」

星野家から小金井植物園までは、自転車で十分ほど。わりと近くにあるが、松次郎という荷物があるため、なかなかの重労働だった。

小金井植物園は閑静《かんせい》な住宅街のなかにあった。看板がなければ、こんなところに植物園があるとは思わないだろう。自転車を駐輪スペースに停《と》めるが、日曜日だというのに車が一台も停まっていない。人気のなさは相変わらずのようだ。

「……お客さんが来ないから、経営破綻《はたん》しちゃったとか？」

「それは違うよ、お嬢さん」

慌てて振り返ると、そこには作業着姿の男性が立っていた。年齢は七十をすぎたあたりだろうか。白髪《しらが》頭を短く刈りあげた、優しそうな風貌《ふうぼう》の老人だ。小柄《こがら》で、身長も揚羽より少し高いくらいである。

「あ、すみません。失礼なことを言っちゃって」

「いやいや、ここを閉めるのは本当のことだからね。お嬢さんは、見学かな？」

「はい」

「じゃあ、入場料はいらないよ。閉鎖が決まってしまったからね。お金はもう取らなくてもいいことになっているんだ。――ああ、私はここの職員だよ」

ほら、と言って男性は、作業着の胸ポケットにつけられたネームプレートを指差した。そこには〝松尾一武《まつおかずたけ》〟と書かれている。

「この植物園を経営している会社のトップが替わってね。経費削減のため、研究の一環として運営していたここを閉鎖することに決まったんだ」

案内するように、松尾は歩きだす。揚羽は慌てて松次郎が入ったリュックを背負《せお》うと、そのあとに続いた。

受付を通り抜け、敷地に入る。その正面にあるのは、ドーム型の温室だ。それを囲むようにして、通路際にも大小様々な植物が植えられている。

「ここにある植物は、どうなるんですか？」

「珍しい種類は、ほかの植物園に引き取ってもらえるだろうけど、それ以外は難しいだろうね」

松尾はそのさきのことはなにも言わなかった。閉鎖になったら、この土地は競売にかけられてしまうかもしれない。そうなったら、この温室ごと残された植物も撤去されてしまうだろう。言いづらいことを訊いてしまった、と揚羽はもうしわけない気持ちになった。

「十年間を長いと取るか、短いと取るか――。若い人には長いかもしれないが、年を取ってくると十年はあっというまだ」

しみじみとした口調で、松尾は語る。

「私はもともと植木職人でね。ケガが元で引退したんだが、やはり植物に携《たずさ》わる仕事がしたくてここの臨時職員になったんだよ。たまに研究員の人が記録をつけにやって来るくらいで、ここの植物はほとんど私が一人で世話してきたんだ」

狭いとはいえ、植物の種類はかなり豊富だ。これを一人で世話するのは、並大抵のことではない。仕事とはいえ、よほどこの仕事が好きでなければ務まらないだろう。

「私が職員になった当初は、植物もこの半分くらいでね。お客さんに入場料を返せと苦情を言われたこともあったくらいだ。まあ、ここにある大半が研究用で、観賞用として育てているわけではないからね。それもしかたないと思っていたけれど、とても悔しくて悲しかった。だから、研究用とは別に、観賞用の植物もいくつか増やしてもらって。ふふっ。十年間なんて、本当にあっというまだ」

当時に思いを馳《は》せているのか、松尾はどこか遠い目をしながら園内を見回した。揚羽はそれになんと言っていいのかわからず、地面に視線を落とす。すると、そんな空気を察したのか、松尾が明るい声で言った。

「うちにある熱帯地域の花は、今頃から夏にかけてが一番美しいんだ。ぜひ、ゆっくり見ていってください」

「……はい！」

「それから、こんなおじさんのぐちを聞いてくれてありがとう。見終わったら、気にせず帰っていいからね」

それだけを告げると、松尾は「関係者以外立入り禁止」と書かれた通路に消えた。揚羽はあらためて園内を見回す。日曜にもかかわらず、誰の姿も見えない。揚羽にとっては好都合なのだが、閉鎖になると知っているだけに寂しい気持ちは募るばかりだ。

「なんか、本当に残念だね」

『事情があるんだ。しかたないだろ。それよりも、あいつらのとこに行くぞ』

松次郎にせっつかれ、揚羽は温室の戸を開けた。

高さは三階建ての建物くらいはあるだろうか。温室の中央には、天井《てんじょう》に届きそうなくらい大きな南国の樹木が三本ほど植えられ、それを囲むように色とりどりの花が咲き誇《ほこ》っていた。

「うわっ、すごくきれい。まえに来たのは十月の終わりだったからなぁ」

それでも花を咲かせていた植物はあったが、松尾が見頃だというだけあって、いまのほうが目にも鮮やかな花々を楽しむことができる。

『スモモがいたら、一目散に飛びつきそうだな』

「かわいそうだけど、置いてきて正解だったね」

万が一、人がいるところでリュックから飛びだそうものなら大問題になる。普段ならスモモもさすがにそんな暴挙にはでないが、ここは植物園。魅惑《みわく》の花々をまえに、スモモが我を忘れてしまう怖れもあった。

『人はいないから、リュックからでても大丈夫そうだな』

「念のために、すぐ隠れられそうな場所にいてね」

幸い、温室のなかには植木鉢《うえきばち》をはじめ、木製の棚など、スライムが隠れられそうな場所は多い。慌ててリュックに戻るよりも、一時的にそれらの隙間に避難したほうが無難である。

揚羽は出入口から死角になりそうな場所で立ち止まり、リュックを肩から降ろす。口を開けると松次郎がにゅるりと這《は》いだしてきた。そして、体をぼよんぼよんと上下に屈《くっ》伸《しん》させる。

「あー、肩が凝《こ》った」

「松次郎さんはなにもしてないじゃん。っていうか、肩なんてないでしょ」

「そういう感じってやつだ。さて、こっちが呼ぶまえにあいつらがやって来たぞ」

「え？」

植木鉢の影《かげ》がひょこっと動いた。しかし、よく見てみればそれは影などではなく、丸い毛玉のような生き物だった。中心に大きな目玉が一つ。手足はなく、地面を飛び跳ねるようにして移動している。

それが、複数体。植木鉢の陰《かげ》から揚羽をじっと見つめていた。

「ひぇっ！」

「おいおい。お嬢ちゃんを驚かさないでやってくれ。おまえらのために、わざわざここまで来てくれたんだぞ」

わさわさ、わさわさ、と体を揺らした彼らは、一匹を置いて植木鉢の陰に隠れてしまった。残された一匹はほかの毛玉よりも一回り大きく、堂々として妙な貫禄《かんろく》がある。

「こいつが群れのリーダーだ」

「こ、こんにちは」

揚羽が視線をあわせるためにしゃがみ込むと、毛玉も階段状になっている棚をのぼり顔のまえまでやってきた。ギョロッとした目玉は、間近で見るとかなり不気味《ぶきみ》だ。瞳は黒く、ちゃんと瞳孔《どうこう》も見える。

「私は揚羽っていうんだけど、君のことはなんて呼べばいい？」

「こいつらに名前はねぇぞ」

「だと思った。っていうか、この子たちは私の言葉を理解してる？」

毛玉の彼は不思議そうに揚羽を見あげている。松次郎とは意思の疎通ができるようだが、日本語を理解しているのだろうか。

「いや、わかってないな」

「だったら、どうしてここが閉鎖になるって知ったの？」

「世話をしてくれる人間――さっきの松尾っていう職員だな。そいつが挙動不審《ふしん》だったらしい。それで、俺がこいつらに理由を探ってくれって頼まれたんだ。電話でのやりとりをこっそり盗み聞きして、ここが終わるって知ったのさ」

「じゃあ、松次郎さんに通訳してもらうしかないね。あと、いまだけでいいから、名前をつけてもいい？　真っ黒いから〝クロ〟なんてどうかな」

「単純だな」

「覚えやすくていいでしょ。じゃあ、クロ君って呼ぶね」

クロと名付けられた毛玉は、やはり意味がわからないようで、微動《びどう》だにせず揚羽を見つめ続けている。

「それで引っ越しさきの候補なんだけど、ここはどうかな？」

揚羽が毛玉の彼にも見えるようにスマートフォンの画面をむけた。そこには、ここから十キロほど離れた場所にある、坂《さか》ノ上《うえ》動植物園のホームページが映しだされている。敷地面積は東京ドーム一個分。なかなかの規模だ。動植物園なので動物もいるが、小型の動物がほとんどで、大半が檻《おり》のなかで飼育されている。気を抜いていても、うっかり食べられてしまう怖《おそ》れはない。

もちろん、温室も完備されていて、熱帯地域の植物を中心に様々な樹木や花々が植えられているらしい。

画面に映った写真を見たクロは、なにを勘違いしたのか、興奮《こうふん》気味にスマホに体当たりした。

「えっ、なんで？」

「スマホを通り抜ければ、そこに行けると勘違いしたみたいだ」

むりだと説明を受けたクロは、不満げにキィキィと鳴いた。スマートフォンもかなり便利な機械だが、さすがに別の場所に行けるような機能までは搭載《とうさい》されていない。

「難点はお客さんが多いことくらいかな」

しかし、待ったをかけたのはクロではなく松次郎だった。画面にベッタリと張りついたあと、人間が首を横に振るみたいに体を振った。

「そこはダメだ。すでに先住民がいるぞ。二年くらいまえだったか。トラックの荷台で昼寝してたら、いつのまにか別の場所にいてな。慌てて降りたのがその近くで、昼間だったから、隠れる場所の多いそこに避難したんだ」

「よく戻って来られたね」

「道路の案内標識があるだろ。あれを見ながら帰って来たんだ。さすがに縄張りから何百キロも離れてたら、わからん地名ばっかりだし、その距離を戻るのも面倒だから、諦《あきら》めて新しい縄張りを開拓したけどな」

帰巣本能ではなく、至って現実的な方法で帰って来たようだ。ほかのスライムを見たことはないが、松次郎を基準に考えるのは止めたほうがよさそうだ。

「あそこには、こいつらとは違ったタイプの奴らが住んでた。群れも二年まえの時点で、あっちの規模のほうが大きい。争いをしかけても、負けるのがオチだ」

「争いって、そんな物騒な。話しあいで解決すればいいじゃない」

「こいつらに縄張りの共有という考えはない。こればっかりは本能としかいいようがないな。だから、説得しようとしても無駄だぞ。相手もおなじだ」

「でも、松次郎さんとクロ君たちは、縄張りを共有してるよね？」

「そりゃ、食料に差違があるからな。こいつらの主食は虫や植物の種だ。俺はそういったものは食べない。小さすぎて食べたところで意味がないからだ。逆に、俺が食べるものの大半を、こいつらは食べられない。つまり食料の奪いあいが起きないってわけだ。争いの根源は、資源の奪いあいだからな。人間だってそうだろう？」

数が増えたら増えたぶんだけ、食料が減る。人間のように耕作できない彼らにとって、縄張りから得られる食料は有限だ。

「いっそのこと、沖縄みたいな南国に引っ越したら？　あのあたりなら一年中暖かいし、植物もたくさんある。なにより土地が広いから、餌《えさ》の奪いあいも避けられるし、好きなところを選びたい放題かもよ」

「お嬢ちゃんよ。名案かもしれないが、移動手段はどうする？」

「飛行機の貨物室にこっそりお邪魔《じゃま》するとか」

「テレビで観たが、上空は気温が低いんだろ。クロたちなんて、ものの五分で死んじまうぞ。それに隠れられる場所が少ない。こいつら意外と大所帯だからな」

「そうなると、船もダメか……」

便利屋である喜助に依頼して、沖縄に運搬《うんぱん》してもらうという手もあるが、その代金を彼らが払えるとも思えない。ここはやはり、近隣の植物園で、先住民のいない場所を探すしかないだろう。

「よし。じゃあ、候補その二。さっきの動植物園より距離があるけど、広さは倍。ここならどうかな？」

スマートフォン画面に表示されているのは、ここから二十キロほど離れた場所にある、大型の植物園だ。敷地内《しきちない》には三ヶ所もの温室があり、それぞれ亜熱帯、熱帯、湿地帯の植物が集められている。

　クロも学習したのか、今度は画面に体当たりはせず、食い入るように画面を見つめていた。しかし、またもや松次郎のダメ出しが入る。

「ダメだ」

「また？」

「一年前、食事中に川が増水してその辺りまで流されたことがあったが、確かそこにも先住民がいたぞ。そっちは真っ白な毛玉だったたな。そんときは川を遡《さかのぼ》って帰って来た」

「じゃ、じゃあ、ここならどうだ！」

　揚羽はクロではなく、松次郎に直接、スマートフォンの画面を見せた。

　三番目の候補は、ここから二十キロほど離れた山の麓《ふもと》にある小規模な水族館だ。川魚を中心に展示しており、温室こそないが室内展示は一年を通して常温に保たれている。川を忠実に再現しているブースがあり、そこには身を隠せるような草木も植えられてあった。

「そこは行ったことはない」

「やった！」

「だが、この写真の端に、小石に擬態《ぎたい》した奴が写ってる。こっちの写真にもだ」

「う、嘘でしょ……」

「開園年数の長いところは、もう先住民がいると思って省いたほうがいいぞ。狙《ねら》うなら最近、できたばかりのとこだ」

「そんな、アパートの物件探しみたいなことを言われても……」

検索してみるが、近隣でここ数年間に新しくオープンした植物園はなかった。全国で検索すればあるだろうが、そこまでの交通手段が難しい。また、せっかく行ったのに、先住民がいたとなっては意味がなかった。

「園芸店なら新しくオープンしたところはあると思うんだけど、狭いしなぁ」

狭いということは、それだけ餌の数も限られるということだ。揚羽の言葉に松次郎も、「短期間の避難場所にする程度ならいいが、そこに移住となると難しそうだな」と言った。

「これからオープン予定の植物園なんて、そんな都合のいいとこはないよねぇ」

揚羽はスマートフォンで検索してみるが、案の定、ヒットは一件もなかった。ガックリと肩を落とすと、なぜかクロがその場でバウンドするように飛び跳ねる。

「なんて？」

「気にすんなってさ。心当たりがないかどうか、試しに訊いてみただけだから、見つからなくてもしかたないそうだ」

揚羽を見あげる目玉が、不格好《ぶかっこう》に歪《ゆが》んだ。泣いているのか、笑っているのか、いまいち判断に困る表情だ。たぶん、大丈夫だから、と笑って見せたのだろう。

「閉鎖される日の夜に、ここをでるらしい。あと二週間ほどだな。各地を放浪して、住《す》み処《か》を探すんだと。夏のあいだは餌には困らないだろうし、案外そのほうが新しい場所を見つけられるかもな。ああ、でも、鳥には気をつけたほうがいい。あいつらは集団で襲ってくるときがある。それに猫も。昔に比べて野良犬はほとんどいないが、野良猫はまだまだ多い。プロになると気配を消して飛びかかってくるから、哨戒《しょうかい》は怠《おこた》るな」

松次郎は外の危険について、延々と述べる。自然界の危険を考えれば、温室は安定した気温だけでなく、そういった外敵からも身を守れるまさに天国のような環境なのかもしれない。

「どれ。餞別《せんべつ》として、俺も食料を集めといてやるか。食えるときにたらふく食っとけ」

「……素朴《そぼく》な疑問なんだけど、クロ君たちの口ってどこ？」

口がなければ餌は食べられないが、毛に覆《おお》われた体のどこにそれが、と揚羽は首を傾《かし》げた。

「見せてくれると思うが、なかなか刺激的な光景だぞ」

「口を見るだけで？」

「こいつらの口は頭のてっぺんにある。目玉もそうだが、口もなかなかにでかい。そこに細かい歯がびっしりとついていてな。……見たいか？」

「やっぱりいいです」

予想もしていなかった場所に、揚羽は首を横に振った。意外と可愛《かわい》いかも、と思いはじめていた矢先なので、それが百八十度変わってしまうようなショッキングな映像はお断りである。

「食料集めなら、私も手伝うよ」

引っ越しさきを見つけられなかったので、せめてそのくらいは、という思いで揚羽はもうしでた。

「いいのか？　虫や小さな爬《は》虫《ちゅう》類《るい》だぞ」

「……虫取り網《あみ》を買って来る。あと、爬虫類はちょっと遠慮してもいいかな」

一度、もうしでてしまった手前、やっぱり止めましたとは言いづらい。幸いといっていいのか、虫全般は好きにはなれないが、絶対に触れないというほどではない。虫取り網と軍手があるなら大丈夫、と揚羽は自分に言い聞かせた。

松次郎から通訳されたクロは、嬉しかったのか、体を震わせて飛び跳ねる。すると、植物の陰に隠れていた仲間たちも、話が聞こえていたのかおなじように体を震わせたらしい。いたるところで植物の葉や花が、さざなみのように揺れはじめる。それは壁際に吊るされていたプランターや、南国の樹木、温室中へと伝播《でんぱ》するように広まった。さきほど集まってきた者たちの、数倍はいるだろう。

「……クロたちって、思っていた以上に大所帯だったんだね」

ここが閉鎖しなくても、もともと定員オーバーだったのでは、と揚羽は思わずにはいられなかった。


一週間後の土曜日。揚羽は早朝から庭にでて、子供の頃に戻ったように虫取りに励んでいた。虫取り網で片っ端から見つけては捕まえて、待機している松次郎のところに持っていく。そうすると体内に保管してくれるため、視覚的にもとっても優しい。餌となる虫たちにはもうしわけないが。

ここ数日は、大学の授業がある日も、日課となっていたランニングを中止し、虫取りに勤《いそ》しんできた。そのおかげか、ここ一週間でだいぶ日に焼けた気がする。大学の中庭で友人らと昼食を取っていたときも、足下を横切ったバッタを無意識に捕まえてしまいそうになったくらいである。

「だいぶ集まったね」

「おう。俺の体内は虫の死骸《しがい》だらけで大変なことになってるぞ。そろそろあいつらに届けてやろうぜ」

「その言いかた止めてよ」

事実ではあるが、もう少しオブラートに包んでほしい。揚羽は建物の陰に入って、コンクリートの床に座るとほっと息をついた。早朝なので、リチャードとディアナはようやく眠りについた時刻《じこく》である。

「あれから色々と調べてみたんだけどね。今月のはじめに、ここから五十キロくらい離れた場所に、新しい植物園がオープンしたんだって。そこまでの道もそんなに複雑じゃないから、そっち方面に向かって行けば辿《たど》り着けると思うんだけど、どうかな？」

「今月の頭か……。うまく行けば、そこに定住できるかもな。当てもなくさ迷うよりは、だいぶいいと思うぞ」

「じゃあ、植物園に行ったら、また通訳してね」

「ところで、伊織の旦那は鎖国《さこく》状態が続いてるのか？」

「うっ……。そ、それは……」

松次郎の指摘《してき》に、揚羽は思わず言葉を詰まらせた。あれから一週間。伊織は地下の研究室と診察所を行き来するだけで、一度も屋敷に戻って来なかった。リチャードはこちらがもうしわけなくなるくらいに憔悴《しょうすい》した顔で首を横に振っていたので、やはり伊織は意図的に揚羽を避けているのだろう。

まるで、星野家に引っ越して来たときに逆戻りしたみたいだ、と揚羽は溜息をついた。あのときも伊織は揚羽を避け、あまり顔をあわせようとはしなかった。

「原因はたぶん、棗さんと会ったことなんだろうけど……」

「まあ、そうだろうな」

「でも、言いたいことがあったら、言ってくれればいいのに」

「まあ、伊織の旦那も色々あるんだよ」

「色々って？」

「そこは自分で考えるんだな」

考えてはいる。しかし、なぜ自分が避けられているのか、理由がわからない。伊織を怒らせてしまったのかとも考えたが、それなら避けるのではなく、揚羽に懇々《こんこん》と説教してくるだろう。

こうも避けられてしまうと、じょじょに不安が増してくる。もしかして、嫌われてしまったのでは、と嫌な考えが脳裏をよぎった。

「いや。それはない。絶対にない」

自分に言い聞かせるように、揚羽はつぶやいた。

伊織が自分の元を去って行くなんて、考えただけでもダメだ。ここに引っ越して来た当初は、伊織の真意がわからず許嫁を解消したほうがいいのでは、と思ったこともあった。しかし、一緒に生活するにつれ、揚羽の心のなかで伊織が占める面積はどんどん大きくなった。むりだ。伊織を手放すなんて、絶対に考えられない。

「おい、お嬢ちゃん」

「え、なに?」

ひんやりとした感覚に驚いて顔をあげると、コンクリートの床に座る揚羽の膝《ひざ》に松次郎が乗っていた。

「食料はだいたいこれくらいでいいだろ。お嬢ちゃんも朝食をとって来いよ」

「……なんか、食欲ない」

「自転車を漕いで植物園に行くんだから、食って体力をつけないと持たないぞ。俺はお嬢ちゃんを背負って帰れないからな」

「わかってるよ。……松次郎さんなんて、こうしてやる!」

揚羽は両手で松次郎のボディを挟むように押し潰《つぶ》した。ずいぶんとスリムになってしまった松次郎が、抗議《こうぎ》の声をあげる。

「八つ当たりはよせ。シワになったら、どうしてくれるんだ!」

「そのときはアイロン掛けしてあげるね」

「冗談《じょうだん》だよな? 本気じゃないよな?」

それに揚羽はなにも答えずに、にっこりと笑った。八つ当たりという自覚はあるが、松次郎の言葉で悩んでいるのだ。これくらいは大目に見てほしい。

「じゃあ、私は朝ご飯を食べてくるね」

「おい。スチームアイロンだけは止めろよ。絶対だからな！」

スチームがついていないアイロンだったらいいのだろうか――。そんな疑問を思い浮かべながら、揚羽は一匹で騒《さわ》ぐ松次郎を置いて屋敷へと戻ったのだった。

一週間後に訪れた植物園は、相変わらず閑散としていた。駐車場に停まっている車は一台だけ。駐輪スペースに自転車を停めた揚羽は、松次郎が入ったリュックを背負い、無人の受付を素通りする。受付のガラスには、〝閉園のため、無料開放中。ご自由にお入りください〟という紙が貼《は》られていた。

「本当に閉まっちゃうんだね……」

こんな立派な温室まであるのに、と心のなかでつぶやいて、揚羽は温室の引き戸を開けた。相変わらず、体にまとわりつくような湿気がすごい。今日は外の気温も高いため、余計に蒸し暑さを感じる。室内に誰もいないことを確認して、揚羽は口を開いた。

「クロ君。食料を持って来たよ」

しかし、なぜかクロは姿を見せない。そのまましばらく待っていたが、やはりクロは揚羽のまえに姿をあらわすことはなかった。

「まさか、もう出発しちゃったりして」

『いや。気配はあるぞ』

そのとき、コロコロと転がるようにして、プランターの陰から黒い毛玉が姿をあらわした。焦っているのか、その場でバウンドするように飛び跳ねる。

『松尾って奴が、奥で誰かと話してるらしい。泣いてる？　そいつが泣いてるってよ』

「どうして……まさか、閉鎖がはやまったんじゃ」

『その可能性はあるな』

「じゃあ、クロたちは今日中に出発しなきゃいけないってこと？」

閉鎖したとしてもすぐに建物を取り壊したりはしないだろうが、植物を別の場所に移すともなれば、そう日にちを置かずに業者がやって来るだろう。クロたちはそのまえに急いで出立しなければならない。

『そのほうがいいだろうな』

「なら、食料。松次郎さん。集めた虫をだして。夜までに食べておかないと」

『そう慌てるなって。ここで虫をだしたら、あとから来た客がびっくりするぞ。それに、松尾って奴に見つかったら、すぐに片づけられちまう』

「……それもそうか」

一瞬、焦ってしまったが、夜まではまだ時間がある。虫をだすにしても、松次郎の言う通り、隠し場所を確保しておかないと大変なことになりそうだ。それに新しく見つけた植物園の情報も、クロに伝えなければならない。

「まずは隠し場所か」

『土のなかにでも埋《う》めておけばいいんじゃないか？』

「それ掘るの私だよね？　誰かに見られたら大問題なんだけど」

『ん？　誰か来るぞ』

「隠れ——る必要はないか」

客を装《よそお》えばいいだけなので、揚羽はこのまま留《とど》まることにした。クロも気配を察したのか、プランターの陰に身を潜める。

温室の引き戸が開く。入って来たのは、作業着姿の松尾だった。クロが、〝泣いていた〟といっていたように、目元が心なしか赤い。しかし、落ち込んでいると思われた松尾が、なぜか揚羽を見つけて満面の笑みを浮かべた。

「このあいだのお嬢さんじゃないか。今日も来てくれたんだね」

「はい。花がとてもきれいだったから、もう一度、観ておきたくて」

「若い人にそう言ってもらえると、手入れを頑張った甲斐《かい》があるというものだ。それはそうと、お嬢さん。実はついさきほど、ここの継続が決まったんだよ」

「へ？」

「閉鎖しなくてもよくなったということさ！」

嬉しさのあまり小躍《こおど》りせんばかりの勢いで、松尾は言った。突然の展開についていけず、揚羽は呆然とする。

「ここの土地は売りにだされる予定だったんだが、その話を聞きつけた人が建物ごと買いたいと言ってくださってね。なんと、私まで継続して雇用してもらえるんだよ。新しく植物を増やしたいそうだから、いままで以上に忙しくなるね。ただ、残念なことに一般開放は難しいみたいなんだ」

松尾は、嬉しさ半分、残念さ半分といった表情を交互に浮かべる。

「……お、おめでとうございます」

突然のことに呆然としていた揚羽だったが、もしかしなくても、植物園が継続されるのならクロたちがわざわざ引っ越す必要もなくなるのでは、と思った。

近隣の植物園を調べてプレゼンしたり、餞別に虫を大量に捕まえたり、それらの日々はいったいなんだったのかと思わなくもないが、引っ越ししなくてもすむのであればそのほうがいい。でも、できればもっとはやく知りたかった。

「いま、ちょうど新しい経営者の方が見学していらしてね――」

そう言って松尾が出入口に目を向けたとき、若い男性が温室に入って来た。

光沢のあるレザーのパンツに、髑髏《ドクロ》が描かれた白いTシャツ。短めの髪は、三毛猫《みけねこ》を彷彿《ほうふつ》とさせる黒とオレンジのまだら模様で、右サイドだけが刈りあげられていた。その右耳には、リング状のピアスがルーズリーフのように連なっている。身長は百七十センチより少し高いくらいだった。

「あっちぃな」と文句を言いながら温室に入って来た男は、野良猫を彷彿とさせるような三白眼《さんぱくがん》を揚羽に向けた。

「……なんで、おまえがここにいるわけ？」

「いや、それは私の台詞なんですけど。ここの土地を買ったのって、もしかして喜助さんだったりする？」

「そんな金があるなら、ディアナちゃんに牛舎つきの松阪牛を一頭プレゼントしてるっての」

まさかの顔見知りに、揚羽は喜助を指差したまま、ぽかんと口を開けた。彼は、江崎組の縄張りで便利屋を営んでいる猫又の青年である。その台詞からもわかるように、現在、ディアナに猛アタック中で、星野家を訪れるたびにリチャードから門前払いを食らい続けている。

「じゃあ、誰が――」

「そんなの、おまえが一番よくわかってるだろ」

喜助が一歩、右に移動する。

そのあとから入って来たのは、グレイのスーツを着た伊織だった。いつもは降ろしている前髪も、オールバックにして固めている。伊織も揚羽がいるとは思ってもみなかったのだろう。驚いた表情で足を止め、「……揚羽さん」とつぶやいた。

「おや、お知りあいでしたか？　あ、ここは暑いでしょう。いま奥の事務所を開けてきますから、外の木陰で待っていてください」

首に巻いたタオルで額の汗を拭きながら、松尾は温室の奥へと走って行った。足音が完全に聞こえなくなると、背負っていたリュックから松次郎が勝手に這いでる。

「うおっ、なんでスライムが——って、屋敷で飼ってるやつじゃねぇか」

「俺はペットじゃねぇぞ、野良猫」

「どっからどう見てもペットだろ。あと、俺は猫又だ。野良猫と一緒にすんな」

「よし。帰ったらディアナにペット扱いされたと泣きつくか」

「冗談だって。冗談」

松次郎はクロに新しい情報を伝えるため、プランターの陰に潜《もぐ》ってしまった。喜助は焦った顔で、その隙間に向かって話しかけている。

揚羽はそれを横目に、伊織の元へと駆け寄った。

実に一週間振りの対面である。

戸惑いの表情を浮かべる伊織の腕をつかみ、揚羽は引っ張るようにして温室の外にでた。日差しはあるが、なかにいるよりはだいぶ涼《すず》しい。木陰に入れば、ひんやりとした空気が体を包み込んだ。

伊織の体も気にはなったが、いまは植物園のほうが重要だ。なぜ、伊織はここを購入したのだろうか。

「この植物園を、伊織さんが買ったの？」

「はい。さきほど本社との契約も済ませました。実際に経営権が移るのは来月になってからですので、まだ私の所有物件ではありませんが」

「でも、どうして……」

「揚羽さんが困っているとお聞きしたので、手助けできないかと。私がここの所有者となれば、小さな方々も引っ越す必要はありませんから」

揚羽は唖然《あぜん》とした。唖然とするしかなかった。

伊織は、揚羽のためにここを購入したと言った。

狭いとはいえ、小金井植物園も一般の土地よりはだいぶ広い。閑静な住宅街ともなれば、土地の価格はかなりのものだろう。それを、揚羽が困っているからという理由で、伊織は購入してしまった。

「なんで……なんで、相談してくれなかったの？」

「サプライズ、というものです。私も揚羽さんを驚かせてみたくて」

揚羽は喜んでくれるだろう――そう疑いもせず、伊織はいつもと変わりない穏《おだ》やかな笑みを浮かべている。

揚羽はリチャードとディアナのために、彼らの主食である牛の血を使って煮凝《にこご》りを作った。しかし、あれとこれとでは、スケールが違う。なによりも、揚羽はこんなことを望んではいなかった。

「違う。確かに私は困ってたけど……」

それ以上、続ける言葉が見つからず、揚羽は俯《うつむ》き唇《くちびる》を噛みしめた。おそらく、クロたちにとっては、これ以上ない解決方法だっただろう。新しい住処を求め、危険な旅にでずにすんだのだから。

――でも、素直《すなお》には喜べない。

ぐるぐる、ぐるぐると、行き場のない、怒りとも、悲しみともつかない感情が心のなかで回っている。

「揚羽さん？」

「ごめん。いまは伊織さんと、なにも話したくない」

拒絶するように告げると、揚羽は足早に受付に向かう。入れ違いのように松尾がやって来たため、伊織が揚羽を追いかけてくることはなかった。そのまま植物園をでて、自転車の鍵を外す。

「あ、松次郎さん置いて来ちゃった……」

リュックのなかは空っぽだ。松次郎には悪いが、自力《じりき》で帰ってもらうしかない。揚羽は気を抜くと溢《あふ》れてしまいそうな涙をぐっと堪《こら》えて、自転車のペダルを漕ぎだした。

わからない。

自分でも、どうしてこんなに憤《いきどお》っているのか。

せめて、事前に相談してほしかった。話しあって、それで植物園を購入すると決まったのであれば、納得《なっとく》できたかもしれない。

「こんなの、サプライズじゃないよ、伊織さん……」

気持ちがいいくらい晴れわたった空に向かって、揚羽はつぶやいた。

小金井植物園は誰に知られることもなく、星野植物研究所と名前を変えた。

植物の研究設備が充実していたので、海外から取り寄せていた薬草の一部を、そこで栽培することにしたらしい。それに伴い星野医院で扱っている一部の薬の値段が、引きさげられたそうだ。

一方、引っ越す必要がなくなった小さなモノノケたちだったが、その一部が数日後の夜に新天地を求めて旅立って行った。もともと数が多くなってきつつあったこともあり、これを機に巣分けをおこなう決断をくだしたのだ。

その先頭にいたのは、クロだ。

月のない曇り空。夜陰《やいん》に紛れ、彼らは風に乗って飛び立った。

第三話　狸の嫁入り

大学をでたときには、まだぽつりぽつりと降りはじめたばかりだった雨も、待ちあわせ場所であるカフェに入る頃には、ショーウインドウを激しく叩《たた》くまでになっていた。揚羽《あげは》が傘《かさ》を折り畳《たた》んで店内に入ると、さきに来ていたらしい友人が、「こっち」と言って片手をあげる。

——相変わらず、派手《はで》だなぁ。

揚羽がそう思ってしまうくらい、友人——トゥーリは、カフェのなかにいるどの客よりも目立っていた。

目鼻立ちのくっきりとしたアジア系の顔立ちに、すらりとのびた長い手足。着ているのはシンプルな白のロングワンピースなのに、雑誌の表紙を飾《かざ》れるのではというくらい様になっていた。ポニーテールにした亜麻色《あまいろ》の髪、その首元には細めのゴールドのネックレスが揺《ゆ》れる。化粧《けしょう》は控《ひか》え目《め》だが、アイラインに一本の線のように引かれた朱《しゅ》が、彼女の気の強さをあらわしているようでもあった。

いつもの黄色のロゴ入りパーカと、ネイビーのハーフパンツといったラフな格好《かっこう》の揚羽とは大違いだ。揚羽だって一応、身嗜《みだしな》み程度には化粧をしているつもりだが、悲しいことにいつも、化粧してるの？　と訊《き》かれてしまうくらい変化がない。

「雨に降られるなんて、ついてないわね」

「今日の星座占いは一位だったのに……」

幸いだったのは、折り畳み傘を持っていたことだろう。梅雨《つゆ》に入ったこの時期の必需品《ひつじゅひん》だ。トゥーリのまえの席に座って、揚羽は店員に「カフェオレを一つお願いします」と注文した。

待ちあわせ場所に選んだのは、大学から一駅離れた場所にある喫茶店だ。室内にはレトロなアンティーク調のインテリアに、南国風の観葉植物が飾られている。平日の午後三時ということもあって、空席が目立った。

「私も雨の日は好きじゃない。傷口《きずぐち》が痛むから」

「え、大丈夫？」

「古傷が痛むってやつよ。いちいち伊織《いおり》先生に診《み》てもらってたら、きりがないわ」

トゥーリは伊織の元患者《かんじゃ》だ。

人魚。それが彼女の種族である。彼女は愛する人間との約束のために、人魚の証《あかし》ともいえる下半身を捨て、人間の足を手に入れた。お伽噺《とぎばなし》にでてくる魔法ではなく、手術という現実的な方法で。それを執刀《しっとう》したのが、伊織だった。揚羽はその際、トゥーリの歩行練習と、人間の女性らしい振る舞いについて教える役を担った。それが縁で、現在も友人づきあいが続いている。

「それよりも、電話での相談の続き。私、今日は同伴《どうはん》が入ってるから、あんまり長居はできないのよね」

現在、トゥーリは江崎《えざき》組の傘下《さんか》に入っている高級クラブで働いている。たった数日で、人気ナンバーワンにのぼりつめるという偉業《いぎょう》を成し遂げたらしい。お金を貯め、いずれは愛《いと》しい恋人が眠る教会の墓地のそばに家を建て、のんびりと暮らすことが夢なのだという。

「現在進行形で、伊織さんを避けてます」

「ちゃんと話しあいなさいよ。言葉にしなきゃ、伝わらないことだってあるんだから」

「そうだけどさ……」

伊織が揚羽になんの断りもなく、植物園を購入したことが原因だ。しかし、よく考えてみれば、揚羽のためとはいえ、別に揚羽自身に断りを入れる必要などどこにもないのだ。職員の松尾はそのまま植物園で働けるし、小さなモノノケたちも――一部は巣分けのため旅立ったが――引っ越すリスクを冒《おか》さずにすんだ。

うだうだ悩《なや》んでいるのは、揚羽だけである。伊織とは話しあわなければならないとは思うが、どう言葉にすればいいのかがわからない。それに、不満を口にして嫌われてしまったらと思うと、まえに進めず二の足を踏むばかりだ。

「避けてるけど、無視してるわけじゃないよ。ちゃんと挨拶《あいさつ》はしてるし」

ただ、いままでだったら夕食後、リビングルームで伊織と団欒《だんらん》の時間を取っていたが、大学のレポートを理由に部屋に引っ込んだり、朝、いつもより数本はやいバスに乗ったりして、できるだけ伊織と顔をあわせないようにしているだけだ。一日二日ならまだしも、それが一週間も続けば、そろそろ伊織もおかしいと気づくかもしれない。

「まあ、揚羽の気持ちもわかるわ。こっちの意見も聞かずに独断専行されたら、問題が解決したところで、なにそれってなるもの。どんな間柄でも、報《ほう》・連《れん》・相《そう》は大事よね。もちろん、揚羽もよ」

「うっ、それは重々理解しています……」

自分も、大事にならなかったからいいか、と登山の途中《とちゅう》で迷子になりかけたことを伊織に報告していなかったので、実に耳が痛い。心配をかけたくなかった、というのはただの言いわけだ。

「――カフェオレをお持ちいたしました」

そう言って、店員がテーブルにコーヒーカップを置く。揚羽はそれに角砂糖を一つ落とし、かき混ぜた。トゥーリはすでに頼んであったコーヒーを一口飲んで、頬杖《ほおづえ》をつきながら告げる。

「恋愛《れんあい》において、マウントを取るのは大事よ」

「は？　私、そんな相談してないけど」

「受け身になったらダメってこと。常に積極的にいかなくちゃ」

「それで嫌われたらアウトじゃん」

「伊織先生が揚羽を嫌いになるなんて、万が一にもないわ。そこは保証したげる」

「……でも、もしも、私みたいにゾンビなんて気にしない、って子があらわれたら、わからないよね」

つい、考えてしまうのだ。伊織が揚羽に執着している理由は、ゾンビである自分を受け入れてくれたからではないのか、と。

「きっかけはそうだったかもしれないけど、いちいち自分を受け入れてくれる相手に好意を持っていたらきりないわよ」

「美人で気立てのいい人に言い寄られたら、そっちのほうがいいってなるかもしれないじゃん」

「なら、揚羽は伊織先生よりもイケメンに告白されたら、心変わりする？」

「しない」

「それが答えよ。自信を持って、伊織先生と話しあってきなさい。なんだったら、簀巻《すま》きにして伊織先生のまえに転がしてあげる」

恐ろしい提案《ていあん》をするトゥーリに、揚羽は必死に首を横に振った。彼女なら、本当にやりかねない。

「でも、揚羽を見てると思いだすわね。私も昔は彼の言動に一喜一憂したものよ」

「トゥーリでも？」

「種族の違いっていうのは、揚羽が思っている以上に大きいのよ。特に私と彼は、生きている場所が違ったもの。面倒事のほうが多かったし、いつ彼が人間の女性のほうがいいって言いだすか不安だったわ」

トゥーリが足を手に入れたのは、恋人が亡《な》くなってからだった。それまでは、海辺にあるプールつきの家で、彼と暮らしていたらしい。

「でもね、話してみたら、それは彼もおなじだったみたい。人間との恋愛に飽きて、いつ海に帰っちゃうんじゃないかって、不安だったそうよ。そんなこと絶対にないのにね。それで一度、大喧嘩《おおげんか》になって」

そう言ってトゥーリは、当時を思いだしたのか、不機嫌《ふきげん》そうに話しはじめた。

「あの人が自力《じりき》で生活できなくなって、老人ホームへの入所が決まったとき、よりによって、〝これで君を解放してあげられる〟って言ったのよ。お別れの前夜にそんなことを言われた私の気持ちにもなってみなさいよ」

「それは、腹立つね」

「でしょう！　目のまえは海なんだから、逃《に》げようと思えばいつでも逃げられたわよ。そこからは、朝まで泣き通しの喧嘩。最終的には私の気持ちもわかってもらえたからよかったけど、六十年も連れ添《そ》ってそれよ？　もっと喧嘩して、本音を引きだしておくべきだったと後悔《こうかい》したわ」

「喧嘩か……」

　正直、伊織と喧嘩する自分が想像できない。そもそも言いあいになるくらい、伊織が怒るようなことなんてあるのだろうか。

「別に喧嘩しろって言ってるわけじゃないわよ。ようは話しあいなさいってこと。相手がなにを考えているかなんて、言葉にしてもらわなきゃわからないんだから」

　それはつまり、自分の気持ちも言葉にしなければ、伊織には伝わらないということだろう。喜んでもらえると思って植物園を購入したのに、結果、避けられることになってしまったのだ。伊織も意味がわからず困惑《こんわく》しているかもしれない。

「……帰ったら、逃げずに話しあいます」

「それがいいわ。こういうことはね、さっさと話しあうに限るの。ずるずる先延ばしにしてたら、もっと面倒なことになるわよ」

　トゥーリがコーヒーのお替わりをもらうため店員を呼んでいると、彼女のスマートフォンにLINEが入った。画面を確認したトゥーリは、その途端《とたん》、美しい顔を顰《しか》める。

「最悪。同伴、キャンセルだって。ごめん、ちょっとLINEするわ」

トゥーリは揚羽に断りを入れると、真剣《しんけん》な眼差《まなざ》しをスマートフォンの画面に向けた。去年、就職《しゅうしょく》するまではスマートフォンのスの字も知らなかったのに、いまではネットを駆使《くし》してお客とやり取りするまでに上達してしまった。

それからしばらくして、トゥーリは新しい同伴相手を見つけたようだ。上機嫌になり、話題は他愛《たわい》のない雑談に変わっていく。

喫茶店で一時間ほどすごし、揚羽とトゥーリは外にでた。雨はまだ少しぱらついているが、雲のあいだから晴れまがのぞいている。

「晴れてるのに雨が降るなんて、おかしな天気ね」

「そういえば、こんな天気のことを〝狐《きつね》の嫁入り〟って呼ぶんだよ」

「なにそれ?」

不思議そうな顔をするトゥーリに、揚羽は説明した。といっても、祖父《そふ》からの受け売りだが。

「昔からの言い伝えで、狐たちが人間に自分たちの花嫁行列を見られないように、雨を降らせるんだって。案外、本当にどこかの狐が嫁入りしたのかもね」

実際に、化け狐や狸《たぬき》がいるのだ。雨が降るなか、花嫁行列が通っていった可能性も捨てきれない。

「ま、雨があがってよかったわ。私は傘を持ってなかったから」

「梅雨の時期は、折り畳み傘を持ってると安心だよ——ん？」

喫茶店ととなりの花屋のあいだにある細い路地。揚羽はそこで薄紅《うすべに》色の着物を着た女性が、蹲《うずくま》っていることに気づいた。具合が悪いのか、体を小刻《こきざ》みに震わせている。

「大丈夫ですか？」

揚羽は慌《あわ》ててそばに寄って、声をかけた。それに反応して顔をあげたのは、二十代後半くらいの女性だった。

たれ目が特徴的な可愛《かわい》らしい顔立ちで、身長は揚羽よりも少し高いくらいだが、ほっそりしていて華奢《きゃしゃ》な印象を受ける。髪は着物にあわせ、お団子《だんご》状にきっちりとまとめられていた。右目の目尻《めじり》にある大きな泣きぼくろが、印象的な女性だった。

「行かなきゃ……はやく、行かなきゃ」

女性の目は焦点《しょうてん》があっていなかった。青白い顔で、ぶつぶつと何事かをつぶやいている。

「大丈夫ですか！」

再度、大きな声で呼びかけると、ようやくこちらに気づいたようで、その瞳《ひとみ》に揚羽の顔が映った。

「……え、ええ。少し、気分が悪い、だけ、なので。休めば――ううっ」

口元を押さえ、女性はとぎれとぎれに告げた。しかし、その顔色は誰《だれ》が見てもよくない。このまま休んでいて、回復するとは思えなかった。この近くの病院は、と揚羽が考えたところで、背後からトゥーリの声が響《ひび》く。

「もしかして、月歌《つきか》様じゃありません？」

それに対し、月歌と呼ばれた女性は、なぜか体を強張《こわば》らせた。青白い顔を歪《ゆが》め、トゥーリから顔をそむける。まるで、本人だと気づかれたくないといったように。

「知りあい？」

「江崎家主催の酒宴《しゅえん》に呼ばれたとき、紹介されたの。揚羽のお友達の雪生《ゆきお》様。そのお姉様よ」

意外な繋《つな》がりに、揚羽は驚《おどろ》いた。雪生には血の繋がらない六人の兄姉《きょうだい》がいると聞いている。種族は、化け狸と化け狐。ということは、この女性もそのどちらかの種族なのだろう。

「じゃあ、江崎君に連絡《れんらく》したほうが――」

そう言ったときだった。必死の形相《ぎょうそう》の月歌が、揚羽の肩をつかみ首を横に振る。

「お願いします。家には連絡しないでください。病院にも。私は、大丈夫ですから！」

「でも……」

全身で拒絶する月歌に、揚羽は困惑した。雪生の姉と知ってしまった以上、さすがにこのままにはしておけない。揚羽の肩をつかむ月歌の手は、冬場でもないのに驚くほど冷たかった。返答に迷っていると、月歌はよほど具合が悪かったのか、糸が切れるように瞼《まぶた》を閉じ、そのまま揚羽にもたれかかるように倒れ込んでしまった。

「月歌さん！」

「気絶しただけよ。といっても、はやく病院に運んだほうがいいけど」

「伊織さんのところに――」

連れて行こう、と言いかけた揚羽は、思わず口を噤《つぐ》んだ。見るからにワケありの女性だ。しかも、江崎組の関係者でもある。伊織に迷惑《めいわく》をかけはしないだろうか、という考えが脳裏《のうり》をよぎった。

「江崎家に連絡するのが、無難だと思うわ。あそこには専門のお医者さんもいるし」

揚羽の逡巡《しゅんじゅん》を見抜いたのか、トゥーリが後押しするように告げる。しかし、月歌にものっぴきならない事情がありそうだ。本当にこのまま雪生に連絡してもいいのだろうか――。大きく溜息《ためいき》をついて、揚羽はトゥーリを見あげた。

「伊織さんのとこに、連れてく」

「了解。タクシーを呼ぶから待ってて」

そう告げると、トゥーリは喫茶店のなかに入って行った。店の人に呼んでもらったほうがはやいと判断したのだろう。

伊織と話しあおうと決意した日に、よりによって面倒事に行き当たるなんて、と揚羽は頭を抱えたくなった。きっと伊織は月歌の処置にかかりきりになって、話しあうどころではなくなってしまうだろうから。

「いや、今日がダメでも明日があるし……！」

仮に月歌が入院することになっても、朝から晩までずっと彼女にかかりきりというわけではないだろう。どこかで少しくらい、二人きりで話しあうチャンスはあるはずだ。揚羽はそう自分に言い聞かせた。


夕食を終えリビングルームでテレビを観ていた揚羽は、時折ドアを見ては溜息をついていた。

月歌を急患として運び込んでから、すでに四時間が経《た》っている。伊織には月歌と会ったときの状況と、かかりつけ医や江崎家には連絡しないでほしいと言っていたことを告げてある。しかし、さすがに江崎家には連絡しなければならないだろう。月歌がなかなか帰らないということで、大騒《おおさわ》ぎになっている怖《おそ》れもあった。

「江崎君だけでも、連絡しておいたほうがいいかな……」

　ディアナが淹《い》れてくれた紅茶《こうちゃ》を飲みつつ、手に持ったスマートフォンを見つめる。しかし、月歌が家には連絡しないでほしいと言っていたことを考えると、もう一度彼女の意思を確認してからのほうがいいのでは、と思ってしまう。

　ただでさえ、伊織のことで頭がいっぱいなのに、と揚羽はうなった。本当なら今頃は──診察がなければ──伊織と二人っきりで話しあえていたはずだったのだ。いや、そもそもなにをどう話せばいいのか、自分のなかでまだ方向性すら定まってはいないのだが。

　ソファーに寝転がりながら、悶々《もんもん》としていると、リビングルームのドアが開いた。

「揚羽さん、いらっしゃいますか？」

　上体を起こすと、白衣姿の伊織が部屋に入ってくるところだった。

「お疲れさま」

「江崎月歌さんですが、ついさきほど目を覚まされましたよ。容態はまだ安定しているとまではいきませんが、運び込まれたときよりはだいぶ回復されました。もう心配はないでしょう」

　その報告に、揚羽は胸を撫《な》でおろした。あとでトゥーリにもＬＩＮＥを入れておかなければ。伊織は一人用のソファーに座り、長い足を組む。

「江崎月歌さんには、このまま入院していただくことになりました」

「入院って、そんなに悪いの？」

「いえ、彼女には昔からお世話になっているかかりつけ医があるそうなので、そちらの方に往診に来ていただけるのであれば、自宅《じたく》療養も可能ですが……事情をお聞きして、入院という形を取ることにいたしました」

「でも、お家の人が反対するんじゃ……」

一応、星野《ほしの》医院は江崎組の縄張《なわば》りないにあるが、その傘下に入っているわけではない。そこに組長の娘《むすめ》である月歌を預けることに、異を唱える者もいるだろう。なにより、かかりつけ医がいるのであれば、そちらに転院するのが普通《ふつう》だ。

「ええ。現に、さきほど連絡したところ、迎えを寄越すの一点張りで。お断りするのが大変でした」

すでに伊織のほうで連絡はすませていたらしい。しかし、江崎組からの反対があったにもかかわらず、それでもなお伊織は月歌の入院を強行した。そこにはよほどの理由があるのだろう。

「月歌さんは、どうして家に戻りたくないんだろ」

「そこは守秘義務がありますので、私の口からお答えすることはできません」

いつもなら、それもそうかと流すところだが、それがなぜか揚羽の胸に引っかかった。江崎組の不興《ふきょう》を買ってまで、月歌を匿《かくま》う理由。邪推《じゃすい》するわけではないが、どうしても気になってしまう。

もやもやした気持ちを抱え込んでいると、不意に玄関《げんかん》のチャイムが鳴り響いた。こんな時間に来客だろうか。それに伊織は面倒臭そうに、「リチャードで追い返せる相手なら、いいのですが」とつぶやく。

「もしかして、江崎組が殴《なぐ》り込みに来たんじゃ――」

揚羽が言い終えるまえに、リビングルームのドアが開いた。リチャードに案内されて入って来たのは、二十代後半の男性だ。

上下、白のスーツにストライプ柄のネクタイを締め、短くもなく、また長くもない髪は几帳面《きちょうめん》なくらいきっちりとセットされている。大きく切れ長の目は涼《すず》しげで、理知的な印象を受ける。右目の目尻には大きな泣きぼくろ。背は高く、痩《や》せ型《がた》の男性である。

江崎千秋《ちあき》。

江崎組組長の三男で、雪生の三番目の兄だ。

そして、もう一人。千秋につき従うようにして、さらに長身の男性が続く。千秋とは対照的な黒のスーツに、黒のネクタイ。その眼光は猛禽類《もうきんるい》のように鋭く、額《ひたい》にはよく目立つ大きな傷痕《きずあと》があった。体軀《たいく》はほっそりしているのに、肩幅が広いこともあって、むしろ大柄《おおがら》な印象を受ける。オールバックにした髪には、ところどころ若白髪《わかしらが》が交じっていた。

千秋の部下で、名前は須賀野《すがの》という。そのどちらとも面識のあった揚羽は、心のなかで「げっ」と女子にはあるまじき声をだしていた。

「ご歓談中のところ、失礼する。月歌を迎えに来た」

開口一番にこれである。ソファーを勧めようとしたリチャードも、笑顔のまま固まってしまった。

「電話でも説明しましたが、江崎月歌さんにはご本人の意思で入院していただくことになりました。未成年ではありませんので、ご家族の同意は必要ございません」

「入院費用を支払うのはこちらだが」

「本人が支払うと言っております」

伊織はさりげなく立ちあがり、揚羽を背に庇《かば》うように移動した。万が一、揚羽を人質に取られる可能性を考慮《こうりょ》したのだろう。

「治療ならば、うちにも専属医がいる。月歌を幼い頃から診ている医師だ」

「ええ、もちろん。生まれつき体が弱く、定期的に病院に通っているという話はうかがっております。そちらに転院されては、ともうしでたところ拒否《きょひ》されました」

「らちがあかんな。月歌本人と話をさせろ」

「体調が悪化する可能性があるため、ご家族であっても認められません。いまはとにかく、安静にする必要があります」

断固拒否の姿勢を取る伊織に、千秋は眉間《みけん》のシワを深くした。

「鬼頭《きとう》組に月歌を攫《さら》われでもしたら、どう責任を取るつもりだ」

「当医院のセキュリティは万全です。それにいまの月歌さんにとって、ご実家よりも、こちらのほうが安全でしょう」

その台詞《せりふ》に、なぜか月歌を連れ帰ることに執心《しゅうしん》していた千秋が、ぴたりと口を噤んだ。伊織を睨《にら》みつけるように見つめ舌打ちしたあと、「……では、護衛として須賀野を置いて行く」と告げる。

「そちらの方はケガをしているようですので、護衛の任には不向きでは？」

それまで置物のように微動《びどう》だにしなかった須賀野が、わずかに顔をあげた。意外そうな顔で伊織を見る。

「ほんの少しですが、右足を庇うような歩きかたが気になったもので」

「この程度のケガ、任務に支障はない」

須賀野の代わりに、千秋がそう言い放った。

「そのようですね。もっとも、入院の際のつきそいはお断りさせていただいておりますので、ご遠慮ください」

「チッ」と、千秋はまた舌打ちした。伊織を見る目つきが、ますます険しいものになってくる。もし千秋が実力行使にでるのであれば、まっさきに逃げなくては。この場で一番まずいのは、揚羽が人質に取られてしまうことだ。

しかし、さすがに千秋も伊織とことを構えるつもりはなかったらしい。

「退院が決まったら知らせろ」

「ええ。もちろんです」

「それから――」

その険しい眼光が、いきなり揚羽に向けられた。一瞬、体を強張らせた揚羽だったが、顔を背《そむ》けるのも癪《しゃく》だったので、受けて立つぞという意志を込め睨み返す。

「……妹を助けてもらったことは、感謝する。失礼した」

それだけを告げると、千秋は足早にリビングルームをでて行った。須賀野はこちらに一礼して、千秋のあとを追う。遠くで玄関の扉が閉まる音を確認して、揚羽は口を開いた。

「なにあれ！　相変わらず、いけ好かない奴！」

「まだまだ青い、ということでしょうね。一度、お目にかかっただけですが、彼のお兄さんたちならば、もっと如才《じょさい》なく振る舞ったと思いますよ。その点、三男ということで少し甘《あま》やかされて育ったのかもしれません」

さすがの伊織も苦笑せざるを得ないようで、「まあ、もともと私は嫌われておりますから」とつけ足した。

「もっと粘《ねば》られると思いましたが、幸い納得《なっとく》してくださったようでよかった」

「あれで？　喧嘩売りに来ただけじゃん。つけ足しみたいにお礼は言われたけど」

感謝されたいから月歌を助けたわけではないが、もっと言いようがあるだろう。あれが雪生の兄だなんて、いまでも信じられないくらいだ。揚羽は憤《いきどお》りを抑えきれず、ソファーのクッションを感情の赴くまま叩く。

「──旦那様《だんなさま》。お見送りしてまいりました」

千秋らを見送りにでていたリチャードが、リビングルームに戻ってきた。そして、いつもと変わらぬ穏《おだ》やかな笑みで告げる。

「玄関ホールに塩を撒《ま》きましたので、滑《すべ》らないようにお気をつけください」

「塩？」

「はい。日本ではお客様がお帰りになられたあと、玄関に塩を撒くと聞いております。日本で暮らす以上、風習は守らねばなりません」

それは、相手が不愉快な客だった場合に限るのだが、リチャードはあえて〝不愉快な〟の部分を口にしなかっただけで、塩を撒く意味は理解しているだろう。ほかの客が訪ねて来たときは、塩など撒いたことはないのだから。

顔にこそださなかっただけで、リチャードも静かに憤っていたらしい。

「そういえば、揚羽さん。月歌さんがお礼を言いたいそうなので、彼女の体調次第ですが、さしつかえなければ明日の夜にでも会いに行かれませんか？」

「え……。いや、別にお礼なんていいんだけど……」

本音を言えば、月歌にはあまり会いたくはなかった。さきほど感じた、もやもや。あれはきっと、〝嫉妬《しっと》〟だ。

どんな理由かはわからないが、伊織は江崎組との関係よりも月歌を優先させた。個人的なわがままだったら、きっと伊織はここまで月歌に配慮したりはしなかっただろう。だから嫉妬なんてお門違《かどちが》いだと頭ではわかっているのだが——。

「でも、ほら、体調がよくないんでしょ？　だったら、むりに会わないほうがいいんじゃないかな」

「そうですか。わかりました」

伊織はリチャードと何事かを話し、リビングルームをでて行こうとした。

「あ、伊織さん！」

「なんでしょう？」

「その、ちょっと時間取れないかな。話したいことがあるんだけど」

「もうしわけありません。これから診察が一件入っておりますし、今夜は診療所のほうに詰める予定ですので。急ぎであれば、リチャードに相談してください」

「そこまで急いでるわけじゃないから、大丈夫。お仕事、頑張《がんば》ってね。じゃあ、私もやり残したレポートがあるから――」

そう言って、揚羽は伊織よりもさきにリビングルームをでた。階段を駆けあがるようにのぼって、自室のドアを開ける。そして、揚羽は靴を脱ぎ捨て、そのままベッドにダイブした。

「はぁ……」

胸に溜《た》まったもやもやが苦しい。月歌を連れて来なければ、確実に今日、話しあえたと思うといまさらながら自分の決断が悔やまれる。

「あー、もやもやする！」

こういうとき、普通の女子はいったいどうやってストレスを発散させているのだろう。ずっと伊織を想い続けてきた結果、揚羽の恋愛経験はゼロにも等しい。またトゥーリに相談するという手もあるが、それこそ簀巻きにして伊織のまえに転がされかねない。さすがにそんな状況で話しあいをする気にはなれなかった。

「いや、でも、月歌さんはそのうち退院するし……」

体調にもよるが、長期の入院は江崎組が許さないだろう。伊織のところでなければ治療できないというなら話は別だが、江崎組にも懇意にしている医者はいるのだから。診療所に患者が殺到でもしない限り、揚羽と話しあう時間くらいは取ってもらえるはず。

我慢《がまん》だ、我慢、と揚羽は呪文《じゅもん》のように、自分に言い聞かせたのだった。

翌日《よくじつ》、大学で午前中の講義を終えた揚羽は、おなじ授業を受けていた雪生に呼び止められた。

「あのさ、このあとちょっといいか？」

「うん。江崎君、部室の鍵《かぎ》持ってるよね」

月歌のことで絶対に話しかけてくるだろうな、と思っていた揚羽は、人目を避けるため、登山部の部室への移動を提案した。もともと登山部の部室は荷物置き場のようなもので、ミーティングがなければ誰も近寄らない。エアコンがないため夏場と冬場は地獄《じごく》だが、いまのような時期は内密な話をするのに最適な場所だった。

「姉貴を助けてくれて、本当にありがとう。それから兄貴がまた失礼なことを言ったみたいで、本当にごめん」

部室に着くなり、開口一番に雪生はそう言って、立ったまま揚羽に頭をさげた。千秋には雪生の爪《つめ》の垢《あか》を煎《せん》じて飲ませたいくらいだ。

「江崎君が謝る必要はないよ。それに私は、ただその場にいただけだから。でも、昨日のこと、誰かに聞いたの？」

「いや、詳しいことは聞かなかったけど、だいたい想像はつくし。歌姉《うたねえ》は秋兄《あきにい》——あ、いや、月歌姉さんは、千秋兄さんの双子《ふたご》の妹だから余計に心配だったんだと思う。むりに連れ戻すのは止《や》めようってことになったんだけど、千秋兄さんだけは納得してなかったみたいだから」

「双子なんだ。でも、双子なのに、種族が違ったりするんだね」

月歌は化け狸だが、双子の兄である千秋は化け狐だ。

「うちは父親が化け狸で、母親が化け狐だから。二卵性の双子だと、そういうこともありえるらしいぜ。実際、うえの三人も三つ子だけど、やっぱり狸と狐で別れてるし」

「三つ子ってすごいね」

「それで驚いてたら、きりがないぞ。四つ子や五つ子もめずらしくないからな。うちの親父《おやじ》も、六つ子の長男だったし」

「……親戚が多そう」

「実際、両親ともに兄弟は多いし、会ったことのない親戚もいるくらいだから」

名前と顔を覚えるのも一苦労なんだ、と雪生は苦笑した。そして、椅子に座りペットボトルの蓋《ふた》を開けると、それを一息に呷《あお》る。

「昨日は本当に大変だったんだ……。月歌姉さんの失踪《しっそう》も、誘拐《ゆうかい》されたんじゃないかって大騒ぎになってさ。連絡しようにも、歌姉は部屋にスマホを忘れてったみたいでさ。GPSで確認もできないから、焦《あせ》った焦った」

揚羽も椅子に座って、リュックの口を緩《ゆる》める。すると、そこからスモモが勢いよく飛びだしてきた。雪生は驚いて椅子から落ちそうになったが、スモモだとわかると笑顔になった。

「びっくりさせんなよ。まーた入り込んでたのか？」

「今日は護衛なんだよね、スモモちゃん」

「ピィ！」

「なんで……って、うち関係か。確かに、なんで月歌姉さんをよその医院に入院させるんだって不満はでたけどさ」

雪生の言う通り、スモモは対江崎組用の保険だ。可能性は限りなく低いだろうが、月歌のことで、伊織をよく思わない一部の者たちが暴走する危険性があった。伊織からは、松次郎《まつじろう》を連れて行ってほしいと言われたのだが、バス通学とはいえ、さすがにあの重量を背負《せお》っての移動は難しい。松次郎を交えての話しあいの結果、それならばとスモモが護衛につくことになったのである。

「でも、スモモに護衛が務まるのか？」

そう言って、雪生は揶揄《やゆ》するように指先でスモモを突《つつ》いた。スモモは体を左右に震わせたあと、雪生に飛びかかるため体に力を込める。それに気づいた揚羽は、慌ててスモモを手のひらで覆《おお》った。

「スモモちゃん、ダメだって。江崎君も挑発《ちょうはつ》するようなこと言わないで。顔面に張りついて、窒息《ちっそく》を狙《ねら》ってくるよ」

松次郎がスモモにも対人用の技を仕込んでおいた、と言っていたので、下手《へた》なことを言うと実験台にされてしまう恐れがある。松次郎なら加減してくれるだろうが、スモモの場合、挑発に乗って全力で挑《いど》んでしまうかもしれない。雪生にケガを負わせようものなら、千秋が飛んでくるだろう。

「おまえ、意外と物騒《ぶっそう》なんだな……」

「ビィイイイ！」

心外です、と言わんばかりの勢いでスモモは抗議《こうぎ》の声をあげる。それを片手でいなしながら、雪生は話を続けた。

「実は、藤岡には訊きたいことがあって。月歌姉さん、うちに帰りたくないって言ってるんだろ？」

「そうみたいだね。私は直接会ったわけじゃないから、詳しくは知らないけど……」

「原因はわかってる。こないだ月歌姉さんのお見合いがあってさ。相手は遠い親戚で、種族は姉貴とおなじ化け狸。それで先方がわりと乗り気で、婚約まで話を進めたいって言ってきたんだ。でも、それを聞いてから、月歌姉さんが塞《ふさ》ぎ込むことが多くなって……。もしかしたら、そのお見合いが嫌だったのかも」

「断れない相手とか？」

「そんなことはないと思う。お袋も格式張ったお見合いじゃなくて、気軽な顔合わせみたいなもんだって言ってたし。月歌姉さんはさ、兄弟《きょうだい》のなかで、自分だけ組の仕事を手伝えていないことに負い目を感じているみたいなんだ。それに最近だと、弥生さんの件もあったし」

「そういえば、お姉さんがお世話してたんだよね」

「途中までな。体調を崩《くず》しているあいだに、弥生さんは山に帰っちゃって。それに、弥生さんと千秋兄さんの婚約話も、なかったことになったから。月歌姉さんのせいじゃないけど、そこにも少し責任を感じてるみたいなんだ。だから余計に、縁談を断りづらいのかも」

「うーん……」

雪生の返答に揚羽は首を捻《ひね》った。ならば、昨日の段階で、月歌を迎えに来た千秋が、その件に触れそうなものだ。身内の話を外に漏《も》らすことを嫌った可能性はあるが、その場合は雪生に釘《くぎ》を刺《さ》すくらいのことはするだろう。それに、家に連絡しないでほしい、と言ったときの月歌の、切羽詰まったような表情はもっと深刻な悩みを抱えているように思えた。

「最近、うちのみんながピリピリしてるから、できれば月歌姉さんには、はやめに戻って来てもらいたいんだ」

「なんで？」

「藤岡は聞いてないか？　狼男《おおかみおとこ》の話」

初耳だ。揚羽は思いがけない話題に、首を横に振った。

「江崎組の縄張りで目撃されてるんだ。千秋兄さんの部下もそいつに襲《おそ》われて、足にケガを負ってさ。最初は鬼頭組の仕業じゃないかって言われてたんだけど、そっちにも被害があったみたいで。組長の甥《おい》が襲われて行方不明になってるそうなんだ。だからあっちも、うち以上に警戒ムードが広がってるらしい」

「狼男って、あれだよね。満月の夜に、上半身だけ狼に変身するっていう」

「そう、その狼男。時系列に整理すると――」

雪生の説明をまとめると、事件の発生は五月下旬。まず鬼頭組、組長の甥――成人男性――が深夜、鬼頭組の縄張りで襲われ行方不明になる。その際に、組長の甥に襲いかかる巨大な狼が目撃されたらしい。

そして、その翌日、今度は江崎組の組員、須賀野が襲われた。時刻《じこく》はやはり深夜である。撃退するが、右足に大ケガを負ってしまう。須賀野は背後から襲われたため、相手をよく見ていなかったらしい。しかし、彼のスーツには狼と思《おぼ》しき動物の毛が付着していた。こちらの件にかんしては、人通りのない場所で襲われたため、目撃者はいなかった。

三度目の目撃情報は、六月に入ってから。

やはり深夜、江崎組の縄張りにあるバーの店員が、休憩《きゅうけい》のため外にでたところ、ビルの屋上を走り去る狼男を目撃したらしい。それから、四度目、五度目と、複数の目撃情報があがっている。

襲われたのは、一度目と二度目だけ。あとは走り去るシルエットを見ただけ、というのが大半とのことだ。

「うちの組員に狼男なんていないし、たぶんよそから来た奴《やつ》だと思う。でも、なんで鬼頭組の組員と、うちの須賀野が襲われたのか、わかんないんだよな」

「共通点は、どっちも人間じゃないってことだよね。たまたま襲った二人が人間じゃなかったなんて、偶然《ぐうぜん》とはちょっと考えられないし」

「だよな。俺《おれ》も正体をわかっていて襲ったって考えるべきだと思う」

「でも、須賀野さんて、江崎君のお兄さんの護衛をするくらいだから、相当強いんじゃないの？　それなのにケガを負うなんて、相手もかなりの実力者ってことだよね」

ペットボトルの中身を飲み終えた雪生が、「ああ」と頷《うなず》く。

「須賀野は兄貴とおなじ化け狐なんだけど、実力はうちの組員のなかでも一、二を争うって言われてる。だから親父は、長男の部下にしたかったみたいなんだけど、本人が千秋兄さんの部下がいいって嘆願したんだ」

あんな礼儀をわきまえない高飛車《たかびしゃ》な男のどこがいいのか、と揚羽はわりと本気で首を捻った。

「須賀野は昔、大ケガを負って行き倒れていたところを、千秋兄さんと月歌姉さんに拾われたから。それで恩義を感じてるんだと思う。顔に似合わず律儀《りちぎ》な奴なんだって、千秋兄さんは言ってた」

須賀野は去年、江崎組の騒動に巻き込まれた際に、揚羽を誘拐しようとしてきた相手なので、そう言われても複雑な気分だ。いくら恩義のある相手のためとはいえ、誘拐はダメだろう。

「まあ、そんなわけだから、藤岡も気をつけてくれよな」

「夜は絶対に出歩かないようにします」

星野家のセキュリティは万全なので、屋敷にいれば安全だ。それに揚羽は人間で、狼男に狙われるような心当たりもない。

「俺も夜の外出は禁止されてるし、大学に行くにも護衛をつけるって言われてる――って、スモモ！　大人しいと思ったら、なにペットボトルなんて食べてんだよ！　それはゴミだから、食べたらダメだろ！」

「ビィ！」

　雪生が飲み終わったペットボトルを、スモモは食料だと判断したらしい。すでに半分近く食べ終えている。慌ててペットボトルを取りあげた雪生に、スモモは抗議の声をあげた。

「勝手に食べたらダメだよ、スモモちゃん。ゴミでも、ちゃんと持ち主の許可を取らないと」

「いや、それはいいんだけど、ペットボトルを食べても大丈夫なのか?」

「スライムだから、どんなものでも消化できるらしいよ」

「へー、便利だな」

　感心したような声をだしながら、雪生は取りあげたペットボトルをスモモに返した。それを受け取ったスモモは、二度と取られないようペットボトルに自分の体を巻きつけながら咀嚼《そしゃく》を開始する。

「スモモ、おまえさ、大人になったらうちに就職しないか? スモモがいてくれたら、ものすごく助かるんだけど。うちは人数がいるから、でるゴミの量が半端なくて」

「スモモちゃんをヘッドハンティングする場合は、松次郎さんを通してください」

「松次郎さんて誰だよ。ずいぶん古風な名前だな」

　いずれ大きくなれば、スモモも親元を離れて暮らすことになるだろう。江崎組はなかなかいい就職先かもしれない。少なくとも雪生の言う通り、食料に困ることはないだろう。スモモは意味がわからなかったのか、それとも食事に夢中なのか、黙々《もくもく》とペットボトルを咀嚼し続けている。

「俺たちもそろそろ昼食を取らないとまずいよな。俺は食堂に行くけど、藤岡は？」

「お弁当。天気もいいから、中庭で食べようかな」

　スモモがペットボトルを食べ終えるのを待って、揚羽と雪生は部室をでた。

「じゃあ、月歌姉さんをよろしくな」

「え、うん……」

　揚羽は滅多なことでは地下の診療所には行かないため、おそらく月歌と会うこともないだろう。しかし、わざわざ否定するようなことでもなかったので、揚羽は控え目に頷くだけに留《とど》めたのだった。


　もう会うことはないだろう、と思っていたその日の夜。揚羽はリビングルームで月歌と対面することになっていた。

　どうやら月歌が、少しだけでかまわないから外の空気を吸いたいと望んだらしい。それを伊織が自分が同行したうえで、短時間なら、と許可したのだそうだ。

「昨日は助けていただき、本当にありがとうございました」

病衣ではなく、水色のシンプルなワンピースに白のショールを羽織《はお》った月歌は、ソファーに座りながら深々と頭をさげた。近場にある衣料品店がまだギリギリ開いている時間だったため、リチャードが急いで買ってきた品物だ。ショールは厚手のものなので、軽く羽織るだけでも充分に暖かいだろう。

体調はまだ万全ではないようだが、顔色もよく頰に赤みも差している。それに揚羽は、複雑な気持ちを抱えつつもホッとした。

リビングルームには、リチャードとディアナの姿もある。二人はすぐに動けるように、いつものポジション——壁際に立っていた。現在、月歌に同行するはずの伊織は、次の診察患者を迎える準備をしなければならないため、少し遅《おく》れるそうだ。

「お礼を言いたかったということもありますが、一度、藤岡さんにお会いしてみたかったんです」

「私に、ですか?」

「はい。雪生から藤岡さんのことを聞いておりましたから」

こんなに可愛らしい方だったのですね、と月歌は微笑《ほほえ》んだ。いったいどんな話をしたんだと気にはなったが、いちいち訊《たず》ねるのも無粋《ぶすい》に思えて、揚羽は誤魔化《ごまか》すように「そんなことないです」と当たり障《さわ》りのない返答をするだけに留めた。

「今日、大学で会いましたが、江崎君も心配していましたよ」

「雪生が……。そうでしょうね。私はなにも言わずに、家をでて来てしまったから」

「あの……江崎君が言ってました。お見合いなら断るから、思い詰めないでほしいって」

しかし、月歌はなぜかそれに、複雑そうな表情を浮かべる。やはりなにかほかに理由がありそうだ、と揚羽は直感した。

「――遅れてしまい、もうしわけありませんでした」

そう言ってリビングルームに姿を見せたのは、伊織だった。いつも着ている白衣は脱ぎ、長袖《ながそで》の白いワイシャツに黒のズボンというシンプルな格好である。伊織の登場に、月歌がソファーから立ちあがった。

「いいえ、私のほうこそ、むりを承知のうえでお願いしたわけですから」

「回復したとはいえ、まだ安静にしていなければならない時期です。少しでもおかしいと感じたら、すぐに言ってください」

患者と医師の会話だが、揚羽のもやもやがまた復活する。月歌は小柄《こがら》で身長もそれほど変わらないのに、年相応の見た目だ。はっきり言って、未《いま》だに中学生に見間違えられる揚羽よりも、伊織にお似合いだ。

「では、まいりましょうか。揚羽さんは、どうされます？」

「……私はここで待ってる」

「わかりました」と言って、伊織はそれ以上なにも言わず、月歌を伴いリビングルームをでて行ってしまった。リチャードも護衛のため二人につき従う。ディアナは三人が戻って来たとき用の紅茶を準備するため、キッチンへと行ってしまった。

一人、ぽつんと残された揚羽は、溜息をついてソファーに寝転んだ。

冬場以外、いままで伊織が外にでたのは、すべて揚羽が絡んでいたときだけだった。それなのに今回、月歌の願いを断ることなく許可し、あっさりと外出してみせる。あれだけ気温と湿気《しっけ》を警戒していたのに。

そもそも、短時間――それも屋敷の周りを散策する程度なら、伊織ではなくリチャードだけでも充分なはずだ。たとえ月歌が体調を崩しても、屋敷のなかで待機しているのと変わりがあるとは思えない。なにか月歌に対し、思うところがあるのではないかと勘《かん》繰《ぐ》ってしまいそうになる。

「――ダメだ。考えれば考えるほど、ドツボに嵌《は》まる」

胸のもやもやがどす黒く、よりどろどろとしたものに変化してしまいそうだ。それに伊織と月歌は二人っきりというわけではなく、そこにはリチャードだっている。屋敷の周囲を一周すれば、すぐに戻って来るだろう。

「あ」

そこで不意に、揚羽の脳裏を、今日聞いたばかりの狼男のことがよぎった。

「狼男……！」

揚羽はソファーから飛び起きた。すっかり忘れていた。狼男に襲われる危険性は低いかもしれないが、雪生に気をつけるようにと忠告《ちゅうこく》されたばかりなのに。さすがに、このタイミングで伊織たちが襲われるとは思えないが、万が一ということもある。あのとき説明していれば、と後悔はしたくない。

玄関をでた揚羽は、急いで月歌たちの姿を捜した。ついさきほど外に向かったばかりなので、まだ目の届く範囲にいる可能性が高い。予想通り、三人は玄関をでて右側にある庭園を散策中だった。庭の灯《あか》りは少ないが、今日は雲一つない星月夜。ほっそりとした月の明かりでも、充分に辺りを見わたすことができた。

大輪の花を咲かせる薔薇《ばら》をバックに、伊織と月歌は談笑していた。

誰がどう見ても、お似合いのカップルだ。はやく狼男のことを知らせなければ、と焦っていた気持ちが急に萎《しぼ》んでいく。できれば、このまま踵《きびす》を返して自分の部屋に直行したいくらいだ。

「揚羽様？」

立ち止まっている揚羽に気づいたのは、リチャードだった。伊織と月歌から四、五メートルほど離れた場所に立っていた彼は、不思議そうに首を傾《かし》げる。ハッとした揚羽は、不吉な考えを振り払うように頭《かぶり》を振った。

「伝え忘れたことがあって。最近、江崎組の縄張りで狼男が目撃されているから、気をつけてください」

「狼男ですか？」

「そう。見た目は巨大な狼で、江崎組の一人が襲われたそうです」

するとリチャードが考え込むような素振りを見せた。

「私の知る狼男は上半身が狼、下半身が人間というものです。旦那様の患者にも、何人かおられました。ですが、巨大な狼となりますと、それはまったく別の種族ではないでしょうか？」

「え、いや、でも、江崎君からは狼男って聞いて……」

「――フェンリルが近いでしょうね」

揚羽の声が聞こえたのか、伊織が月歌を伴ってこちらにやって来るところだった。二人の近さに、また胸がチクリと痛む。

「もっとも、彼らは北欧《ほくおう》の山奥でひっそりと暮らしている種族なので、日本にいるとは考えにくいですが」

「誘拐されて連れて来られたとしたら？」

「フェンリルを？　それはまた、命知らずな。彼らは集団で行動しますから、そのような不届き者は即地獄行きでしょう。そうですね。人間とおなじくらい高度な知能を持った、実際の狼の四倍はある巨狼《きょろう》を想像してみてください。毛皮は分厚く、ライフルの弾《たま》すら弾《はじ》き返します」

むりだな、と揚羽は思った。罠《わな》を仕掛けても人間並みの知能があれば、回避も楽勝だ。逆に、罠の近くで身を潜《ひそ》め、獲物がかかったかどうか確認しに来た不届き者らを待ち伏せすることもできる。

「実際に見たことはありませんが、日本にも確か、巨大な狼の姿をした妖怪《ようかい》が――」

「あの！　それなら、はやめに屋敷に戻ったほうがよいのではありませんか？」

伊織の声を遮《さえぎ》るように、月歌が声をあげた。一瞬、訝《いぶか》しげな視線《しせん》を月歌に向けた伊織だったが、すぐに通常の穏やかな笑みに戻る。

「……ええ、もっともです。狼男の真偽はともかく、そのような不審者《ふしんしゃ》が出没しているのであれば、はやめに切りあげたほうが無難でしょう。揚羽さんも、よく知らせてくださいました。ありがとうございます」

「いや、それほどでも……」

まさか、すっかり忘れていましたとは言い辛《づら》い。せめて帰宅《きたく》してすぐ、伊織に連絡がつかなくても、リチャードには話しておくべきことだった、と揚羽は反省した。

「旦那様。私は念のため周囲を見回ってまいり――」

リチャードがなぜか不自然に言葉を途切れさせた。辺りを見回したあと、伊織や揚羽、月歌を庇うようにまえにでる。

「——どうやら、招かれざるお客様がいらっしゃったようです」

まさか本当に狼男が、と揚羽が身構えたときだった。

暗闇《くらやみ》のなかから、真っ黒な影《かげ》がリチャードに躍《おど》りかかった。それをリチャードは素早い身のこなしで躱《かわ》すと、すかさずその長い足で相手をなぎ払った。

普通だったら、その一撃を受けて吹き飛んでいたことだろう。

しかし、襲撃者は両腕をクロスして、リチャードの一撃を防いでしまった。

「揚羽さんは、月歌さんを連れて屋敷へ！」

「う、うん」

伊織の指示に従い、月歌の腕を取った。しかし、恐怖で硬直《こうちょく》しているのか、月歌はびくともしない。

「月歌さん？」

「あれは……」

月歌の手がすがるように揚羽の腕をつかんだ。痛いくらいの強い力に、思わず顔を顰めそうになる。その視線を辿《たど》れば、リチャードと対峙《たいじ》する襲撃者へと向けられていた。

玄関まえの庭園に、月明かりのおかげで、ぼんやりとだがシルエットが浮かびあがる。

身長はリチャードと並んでも遜色《そんしょく》ないくらい高い。うえは黒のパーカで、したもやはり黒のスウエット。顔は上着のフードを被《かぶ》っているためわからない。しっかりした骨格から見て、襲撃者は男だろう。狼男というには、いささか特徴がなさすぎる。

「月歌さん。いまは逃げなきゃ！」

襲撃者は一人とはいえ、戦えない揚羽と月歌はあきらかにお荷物だ。多少、強引でもしかたない、と揚羽は割り切り、強めの力で月歌の腕を引いた。それに反応したのは、襲撃者である。

「待て！」

焦り混じりの声をあげ、男が揚羽と月歌に向かって手をのばす。しかし、そのあいだにはリチャードと伊織が立ち塞がっているため、こちらに届くことはない。

「隙《すき》あり！」

そのとき、ハスキーボイスが庭に響いた。植木から弾丸のように飛びでた松次郎が、襲撃者の顔面にへばりつく。慌てて剥《は》がそうとするが、松次郎の体がのびるだけ。呼吸ができない襲撃者は、やがて苦しそうにもがきはじめた。

そのチャンスを見のがすリチャードではない。あっというまに襲撃者との距離を縮めると、手首を捻りあげ地面に組み伏せてしまった。

「松次郎さんはもういいですよ。さすがに死んでしまいますから。リチャードはそのまで。いま拘束《こうそく》します」

「待ってください！」

声をあげたのは、月歌だった。揚羽が手を離すと、一直線に襲撃者へと駆け寄る。そして、リチャードに組み伏せられている男に覆い被さった。

「どういうこと……？」

揚羽だけでなくリチャードも困惑の表情を隠せない。ただ、伊織はなんとなく事情を理解しているようで、「彼がそうですか」と納得するように頷いていた。

「拘束を解いても大丈夫ですよ」

伊織が告げると、リチャードは押さえつけていた腕を解く。勢いよく起きあがった男は、そのままの勢いで月歌を抱き締めた。月歌も男の背に両腕を回し、涙に濡《ぬ》れた瞼を肩口に押しつける。まるで、長らく離れていた恋人同士の再会を見ているようだ。

「さて。月歌さん、事情を説明していただけますね？」

有無を言わせぬ伊織の口調に、男から体を離した月歌は神妙な面持ちで、「はい」と頷いたのだった。


時刻は夜の十時。遅くに入っていた診療が終わるのを待って、改めてリビングルームに集まる。リチャードとディアナはいつでも動けるよう壁際に立ち、伊織は一人用のソファー、揚羽は予備の椅子を持ってきて座った。

そして、二人用ソファーに月歌とフードを被った男が座る。全員が揃《そろ》うと、男はおもむろにフードを外した。

一瞬、睨まれているのではないか、というくらい鋭い眼光に揚羽はたじろいだ。太い眉《まゆ》に彫《ほ》りの深い顔立ち。眉間にくっきりと刻まれたシワは、不機嫌そうに見える。癖《くせ》のある髪は襟足《えりあし》よりもやや長く、それを無造作にうしろで結《ゆ》っていた。年齢《ねんれい》は二十代半ばほどで、月歌のほうが年上に見える。

そして、なによりも目を引くのが、額の両脇《りょうわき》から生える二本の角《つの》だった。

「さきほどは、もうしわけありませんでした」

男に代わり、月歌が深く頭をさげる。それに慌てたのは、男のほうだ。「おまえが謝るな。悪いのは俺だ」と焦ったように続ける。

「それでも、原因は私でしょう。そもそも、どうしてあんな強硬手段にでたの？　もし誰かがケガでもしたら、あなたはどう責任を取るつもりだったのですか」

「そ、それは、月歌の姿を見たら、とっさに体が動いてしまって……」

「どんなささいなことでも、考えてから行動するようにと、以前も言ったではありませんか」

意外なことに、二人の関係は月歌のほうがうえらしい。男はろくな反論もできずに、やり込められてしまう。このままでは月歌の説教が続くと思われたとき、二人の会話に割って入ったのは伊織だった。

「積もる話もあるとは思いますが、まずはこちらの男性を紹介していただけませんか？」

「あっ、もうしわけありません」

月歌は恥《は》じるように頬を染める。そのとなりで姿勢を正した男は、改めて頭をさげた。

「さきほどは、すまなかった。俺は鬼頭時雨《しぐれ》。種族は〝鬼〟だ」

――鬼頭。

二人の関係は見ているだけでわかる。恋人同士なのだろう。なぜ、月歌が見合いに乗り気ではなかったのか。なぜ、江崎家に帰りたくないと言ったのか。たったそれだけで、揚羽は理解してしまった。

「鬼頭って、もしかして、鬼頭組の……」

「俺は鬼頭組組長の甥になる」

まさか、敵対関係にある組織の、その中心的人物と恋に落ちていたなんて、と揚羽はめまいを感じた。しかし、そんな揚羽の脳裏を、雪生との会話がよぎる。

「あれ？　組長の甥って、狼男に襲われて行方不明になったんじゃ」

「ああ。俺のことだ」

時雨が頷く。それに、「なるほど」と伊織が頷いた。

「おそらく、月歌さんが急患で運び込まれて来た日、お二人は駆け落ちするつもりだったのではありませんか？」

伊織の問いに、月歌と時雨は押し黙ってしまった。この場合、沈黙《ちんもく》は肯定と解してもよさそうだ。

「狼男に襲われ川に落ちたのであれば、遺体が見つからなくても死亡《しぼう》したと判断される可能性が高い。そう考えたあなたは、月歌さんとコンタクトを取り、駆け落ちの計画を立てた」

しかし、それは月歌の体調不良で頓挫《とんざ》してしまった。あのとき、月歌がうわごとのように、「行かなきゃ」とつぶやいていたのは、そういう理由だったのか、と揚羽は納得した。それに自宅にスマートフォンを忘れたのもわざとで、ＧＰＳを警戒してのことだったに違いない。

「鬼頭組と江崎組、双方に追われるよりも、片方だけのほうが逃げ切れる確率もあがりますからね」

「頼む。見逃してくれ！」

時雨が勢いよく頭をさげる。しかし、伊織はそれに首を横に振った。

「残念《ざんねん》ですが、月歌さんはいつまた体調を崩してもおかしくない状態にあります。そのときに適切な治療がおこなわれなければ、次は命にかかわるかもしれません。それに、追手を逃れたとしても、住む場所は？　仕事は？　あなた一人でこのさき、月歌さんを守れますか？」

「それは……」

時雨は悔しそうな顔で言い淀《よど》んだ。双方の家から逃げることに重きをおいていたため、そこまでは考えていなかったのかもしれない。

「時雨を責めないでください。逃げようと言ったのは、私です。私には、逃げなければならない理由があったから」

そう言って、月歌は目を伏せた。雪生は月歌が嫌なら見合いの話は断れると言っていたが、もしかしたら、水面下ではもう婚約まで話が進んでいたのかもしれない。

「覚悟《かくご》のうえということですか。ならば、私はなにも言いません。月歌さんが退院後、どこに行こうが私の管轄外ですからね」

「すまない……！」

「ですが、時雨さん。あなた、ケガをしていますね？」

伊織の指摘《してき》に、時雨は気まずそうに視線を逸《そ》らせた。

「……手当はした」

「応急処置を手当とは言いません」

逃げようと浮かせた腰を押し留めたのは、月歌だった。にっこりと笑みを浮かべ、「私、あなたがケガしたなんて聞いていませんよ？」と告げる。顔は笑っているのに、なぜか怒られているような気持ちになるのは、きっと気のせいではないだろう。

「医師として、見すごすわけにもいきませんからね」

月歌と伊織に脇を固められては、逃げるに逃げられない。時雨は悄然《しょうぜん》とした様子で、地下の診療所に連行されていった。

「なんだか、大変なことになっちゃったね」

そろそろ就寝《しゅうしん》の時間なのだが、揚羽はいまいち眠る気になれずリビングルームでディアナが淹れてくれた紅茶を飲んでいた。リチャードは伊織を手伝うため診療所に行っているので、リビングルームには揚羽とディアナの二人だけ。

伊織と月歌の関係にやきもきしていたのが、遠い昔のように感じられる。月歌にはすでに相思相愛の恋人がいると知って、安堵《あんど》したのも事実だが。

「……私にはわかりません」

「なにが？」

「私は家族のほうが大事です。どんな理由があっても、裏切るなんてそんなこと……」

半分ほどに減った紅茶のカップにお代わりをそそぎながら、ディアナは不満そうに告げる。愛する人のために家族を捨てようとしている、月歌と時雨の気持ちが理解できないらしい。

「じゃあ、ディアナちゃんはリチャードさんに反対されたら、恋人と別れるの?」

「はい。父が反対するということは、なにか理由があるはずですから」

リチャードの判断に全幅の信頼を置いているディアナは、迷いのない口調で即答する。

これは喜助《きすけ》も前途多難だな、と揚羽は猫又の青年に同情した。

「月歌さんだって、家族のことは大事だったと思うよ」

雪生のことを語る月歌は、とても優しい顔をしていた。もし、自分が行方《ゆくえ》をくらませたら、弟は——兄弟や両親はきっと悲しむだろう。そうわかっていてもなお、月歌は時雨を選んだのだ。

「でも、おなじくらい、時雨さんのことも好きだったんじゃないかな」

自分はどうだろうか、と揚羽は自問自答する。

伊織のために、すべてを投げ捨てる覚悟はできるだろうか。友人や大学、将来の夢を諦《あきら》めることはできるだろうか。それでも、家族がいないだけ月歌よりもハードルはさがるだろう。

「揚羽さまも、好きな方のためなら家族を裏切れるのですか?」

少しだけ責めるようなディアナの口調に、揚羽は苦笑した。

「でも、そうなると私は伊織さんと別れることになっちゃうよ?」

「それはいけません！」

慌てて、「さきほどの問いはなかったことに！」とディアナは叫ぶ。ひとしきり笑ったあとで、揚羽はふと、閉めたはずのカーテンが半分ほど開いたままになっていることに気づく。それをなおすためにソファーから立ちあがり、窓辺に向かった。

外はいつのまにか雲がでてきたようで、月が隠れ、一面の暗闇が広がっていた。明日は朝から雨の予報だったので、そのうちに雨が降ってくるかもしれない。

「あれ？」

プールサイドに巨大な塊《かたまり》があった。あんな場所にオブジェなんてあっただろうか、と揚羽は首を捻る。

暗闇に目を凝らしたときだった。

もぞり、とその塊が動いた。

動物のように見えるが、大きさが尋常ではない。大型犬の二倍はあるだろう。揚羽に気づいたそれは、ギラギラと光る眼差しをこちらに向けた。そして、その巨体には見あわぬ体重を感じさせない動きで跳躍《ちょうやく》すると、暗闇に紛れるように消えた。

「揚羽様？」

カーテンを閉めずに突っ立ったままの揚羽を不審に思ったのか、ディアナが声をかけてきた。はっとして、揚羽は窓辺から飛び退《の》く。

「いまっ、いま外に、巨大な狼がいた。

表情を引き締めたディアナが、「ここでお待ちください。三分経って私が戻らなければ、旦那様に連絡を」と言って、外にでる。プールサイドを見回って、すぐに戻って来た。

「なにもおりませんでしたが、プールサイドにこれが……」

その手に握られていたのは、数本の動物の毛だった。

二日後の土曜日。昼も少しすぎた頃、星野家の中庭では水色のワンピースに身を包んだ月歌が、オレンジ色の薔薇を園芸用のハサミで一本ずつ丁寧《ていねい》に切り取っていた。自分の部屋ではなく、時雨の病室に飾りたいらしい。

「――これくらいで充分です」

月歌はトゲを取った薔薇を揚羽に手わたし、満足げに告げた。それを受け取り、もともと手に持っていた束に最後の一本をあわせる。

「オレンジ色もきれいですね」

「はい。あの人は花なんていらないと言いそうですが」

「月歌さんが活けてくれたものなら、それだけで嬉《うれ》しいと思いますよ」

あれから診察を受けた時雨だったが、とんでもないことが発覚した。なんと、肋骨《ろっこつ》に複数のヒビが入っていたらしい。ギリギリ折れてはいないが、動くだけでもかなりの痛みがあったはずだと伊織は呆《あき》れていた。

さらに打撲《だぼく》と裂傷《れっしょう》など、傷の数は両手の指をあわせても足りないくらいだったらしい。また、翌日になって熱がでたこともあり、時雨は入院となってしまった。状態だけを見れば、月歌よりもよほど重傷だ。

「そういえば、体調は大丈夫ですか？」

「ええ。動いているほうが、いいみたいです」

月歌は昨夜、体調が優《すぐ》れず何度も嘔吐《おうと》を繰り返したらしい。朝方も気分は優れなかったが、食事も完食できたため短い時間ではあるが、外出許可が下りた。安静にすることも大事だが、日に一度は日光を浴びることも必要だという。

「逆に時雨さんは寝ていたほうがいいんですけどね……」

揚羽は薔薇を抱えながら、横目で建物の窓を確認した。ダイニングの窓から、こちらを監視《かんし》するように見つめる時雨の姿が見える。自分も行くと言い張ったが、時雨はあくまでも行方不明の身。鬼頭組の捜索《そうさく》の手がどこまで及んでいるかわからない状況で、庭先とはいえ無防備に顔をさらすわけにはいかなかった。

また、問題といえば狼男のこともあるが、あちらが目撃されているのは夜。人目のある昼間は活動を避けているのだろうということで、そちらへの警戒はさほどでもない。揚羽が目撃した巨大な狼らしき影は、伊織たちにも話したが、本物かどうか確証はつかめなかった。プールサイドで発見された動物の毛は、現在、伊織が鑑定中である。

「そういえば、時雨さんとはどうやって知りあったんですか?」

「えっ、ど、どうと言われても……」

さすがに馴《な》れそめを語るのは恥ずかしいのか、月歌は頬を染め俯《うつむ》く。しかし、月歌と時雨は対立している組同士の、それも互いに組長の血族という中核に極めて近しい存在だ。普通ならすれ違うこと自体、奇跡に近い。

「……二年ほどまえ、道に迷ったところを助けられたのがきっかけです。当時は携帯《けいたい》電話も持っていなくて、おつきの者ともはぐれてしまい、どうしていいのか途方に暮れていました。冷静に考えれば、公衆電話の場所を人に訊くなり、大通りにでてタクシーをつかまえるなり、方法はあったのでしょうが、パニックになってそんな単純なこともわからなくなっていたのでしょうね」

そう、月歌は照れたように語る。見るからに箱入り娘といった彼女にとって、はじめての経験だ。冷静さを失ったとしても、しかたないだろう。

「その一ヶ月後、今度はあの人がケガを負っているところを私が助けて。そのときにはもう、好きになっていました」

好きになった相手が、敵対勢力の構成員だったなんて、まるでロミオとジュリエットのような話だな、と揚羽は思った。

「時雨さんが鬼頭組の構成員だと知っても、気持ちは変わらなかったんですか？」

「最初から時雨が敵だということは、わかっていました」

「ええっ！」

「鬼頭組の重要人物の顔と名前は覚えていましたから。それはあちらもおなじで、でも迷子になって途方に暮れている私を見て見ぬ振りできなかったそうです。見かけによらず、お人好しなんですよ」

当時を思いだしたのか、月歌はくすくすと鈴を鳴らすような笑い声を零《こぼ》した。しかし、それはすぐ悲しげなものに変わる。

「諦められたらよかったのでしょうね」

月歌の悲しげな表情に気づいた時雨が、窓ガラスに張りつくのが見えた。絶対に外にでるなという言いつけを律儀に守っているようだ。

「……何度も諦めようと思いました。いまは苦しくても、時間が経てば忘れられると。誰かに嫁いで、子供が産まれて。少しずつ、彼のことを消していけばいい。そうすれば、きっと、すべて丸く収まると」

しかし、月歌はそれを選ばなかった。自分の行動が家族への裏切りだとわかっていてもなお、時雨を選んだのだ。そこには、揚羽が想像もつかない葛藤《かっとう》があっただろう。伊織との仲を疑ってしまい、もうしわけありませんでした、と揚羽は心のなかで月歌に謝った。

「でも、ダメでした。どれだけ自分に言い聞かせても、時雨の顔を見た瞬間、その決意が崩れてしまう。すべてを捨ててもこの人のそばにいたいと、願ってしまうのです。……たとえ家族に恨《うら》まれることになっても」

そう言って、月歌は目を伏せた。おろしたままになっている長い髪を、湿気を含《ふく》んだ風がさらりと揺らす。しんみりとした空気が流れるなか、揚羽はわざと明るい声で告げた。

「わからないじゃないですか」

「え？」

「未来なんて誰にもわかりません。もしかしたら、全員はむりでも家族の誰かが祝福してくれるかもしれないし、いますぐはむりでも何十年かあとに江崎組と鬼頭組が和解するかもしれない。……ちょっとポジティブすぎました？」

でも、可能性はゼロではない。月歌のためにと、雪生や千秋が和解に尽力したり、鬼頭組も対立を不経済だと判断し、江崎組と手を組もうと考える人物が台頭したりするかもしれない。

ね？　と、同意を求めるように笑ってみれば、罪悪感に押し潰《つぶ》されそうになっていた月歌の顔がほんの少し綻《ほころ》んだ。

「ありがとうございます。雪生が揚羽さんを好きになった理由もわかる気が——ああっ、いまのは、聞かなかったことに！」

薔薇を取り落としそうなくらい焦る月歌に、揚羽は心のなかで、「知っているので大丈夫ですよ」とつけ加えた。こんな自分のどこがいいのかわからないが、雪生にそういう好意を持たれていることは気づいているし、そのうえできっちりとお断りもしてある。それでいまは、〝友人〟という形に落ち着いたのだ。

「そろそろ戻りましょうか。我慢の限界っぽいですよ」

揚羽は窓を指差した。いまにも飛びだして来そうな形相の時雨に気づいた月歌は、慌てて薔薇を抱えなおし、小走りに屋敷へと戻っていった。

「……ああは言ったけど、前途多難だよね」

月歌と時雨の未来を思って、揚羽は溜息をついた。行方不明とされている時雨は、まだいい。月歌が行方知れずになれば、どのような理由があったとしても、必ず彼女を連れ戻そうとするだろう。

国内は危険だ。せめて海外に逃げなければ。でも、病弱な月歌が海外での暮らしに耐《た》えられるだろうか。

「いやいや。私がネガティブに考えてどうする」

パチン、と両手で自分の頬を叩く。

月歌たちは、すべてを承知のうえで、そばにいることを選んだのだ。そのさきに待っているのが、たとえ破滅だったとしても、すべて覚悟のうえで。それに第三者である揚羽が、あれこれ口だしするのはお門違いというもの。いま自分にできることは、二人の幸せを願って笑顔で送りだすことくらいだろう。

「あーあ。伊織さんに会いたくなっちゃった」

玄関に向かって歩きながら、揚羽はつぶやく。月歌の惚気《のろけ》のようなものを聞かされて、伊織に会いたい気持ちが風船のように膨《ふく》らむ。いつも、話があるので時間を取ってほしいというタイミングを見計らっているが、なかなかその機会に恵まれていないのも事実だった。

——今日はいつ頃、終わるのかな。

会いたいな、と思いながら、玄関の扉を開ける。屋敷はどの部屋も空調が行き届いているため、ひんやりとした空気が全身を包む。少し寒いので、部屋からカーディガンを取って来ようかと、階段に向かったときだった。

吹き抜けの玄関ホール。

その階段をのぼりきったところに、白衣を着た伊織が佇《たたず》んでいた。

「伊織さん！」

　自分の願望が現実になり、揚羽は驚いたように伊織の名を呼んだ。幻ではない。慌てて階段をのぼり、その白衣の裾《すそ》を握りしめる。手のひらの感触に、幻ではないことを実感した。

「お仕事は？」

「夕方まで診察も入っていないので、月歌さんと時雨さんの様子を見に来ました」

「あ、そうだ。月歌さんは――」

「リチャードが時雨さんともども、リビングに案内しましたよ。これから薔薇の活けかたを月歌さんにレクチャーするそうです。体調はよさそうなので、許可しました。時雨さんは病室で安静にしていてほしいのですが」

　そう言って、伊織は溜息をついた。

「じゃあ、いまって時間ある？」

「……ええ」

「よし！」と、揚羽は心のなかでガッツポーズした。伊織と話しあう、またとないチャンスだ。いきなりすぎて心の準備が整ってないが、この機会を逃すわけにはいかない。誰にも邪魔《じゃま》されずに話せる場所――ということで、揚羽は自分の部屋に伊織を招き入れた。

伊織のためにスリッパを準備して、はっと気づく。

もしかしなくても、伊織がこの部屋に入るのは、はじめてではないだろうか。

「どうかしましたか？」

「な、なんでもない！」

急に緊張《きんちょう》を覚えて、揚羽は裏返ったような声をあげてしまった。気づかれないように部屋を見回し、きちんと片づいていることを確認する。机のうえに教科書やノートが開いたままになっているのは、ギリギリ許容範囲だ。床にもゴミが落ちていないことを確認し、揚羽は伊織と並んで猫脚《ねこあし》のソファーに座った。

「それで、話とは？」

「あ、うん」

どう切りだせばいいのか、と何度もシミュレーションしたが、いざ伊織をまえにするとすべてきれいに飛んでしまった。考えながら話す、ということに自分は向いていないのかもしれない。

〝――相手がなにを考えているかなんて、言葉にしてもらわなきゃわからないんだから〟

トゥーリの台詞が脳裏をよぎる。

互いを理解するには、言葉を交わさなければいけない。よくよく考えれば、揚羽と伊織は一緒に暮らしはじめてまだ一年も経っていないのだ。互いにわからないことのほうが多いだろう。

きっと自分たちは、言葉が足りなかった。改めてそれを自覚した揚羽は、意を決して口を開いた。

「植物園のこと。まずはごめんなさい。よかれと思って植物園を購入してくれたのに、あんな態度を取って」

「……いえ。私のほうこそ、ですぎた真似《まね》をしてもうしわけありませんでした」

「違うの！　私のためにって思ったんでしょ？　それは、嬉しい。でも、ただ、私は相談してほしかった」

揚羽が悩んでいると知ったなら、話しかけてほしかった。なにが最善なのかを話しあって、それが植物園の購入であれば、揚羽も納得しただろう。でも、現実は自分は蚊帳《かや》の外で。

「だったら、どうして揚羽さんも私に相談してくれなかったんですか？」

伊織は傷ついたような目で、揚羽を見下ろした。

「私はそんなに頼りありませんか？」

「そんなことない！　伊織さんは仕事が忙《いそが》しいから、迷惑をかけたくなかっただけ。自分だけで大丈夫だって、そう思って――」

そこで揚羽はようやく気づいた。

——なんだ、自分だっておなじじゃないか。

揚羽が疎外感《そがいかん》を覚えたように、伊織もまた、似たような気持ちを味わったのだ。

「あ……ごめん。ごめんなさい。私、自分のことを棚《たな》にあげて。伊織さんの気持ちを考えてなかった」

目に溜まった涙が一筋、頰を伝う。伊織は首を横に振って、そっと包み込むように揚羽を抱き締めた。

「ずっと不安でした。どうすれば、あなたを繫ぎ止められるだろうかと、そればかり考えていた。私は揚羽さんの手料理を食べることもできません。冬場以外、ともに外出することも」

口を挟《はさ》みそうになって、揚羽はとっさに堪《こら》えた。伊織がなにを思っているのか、最後まで聞かなければ。

「揚羽さんが人見知りならよかった。でも、あなたは私をあっさりと受け入れてくれたように、誰に対しても種族に関係なくフレンドリーだ。知りあいを増やす度《たび》に、揚羽さんの世界は広がる。そのさきで、もしも、私のほかに好きな相手ができてしまったら、と——。私が誇《ほこ》れるのは、財力だけです。それで、あなたを繫ぎ止められるなら。そう、思ってしまいました」

「私が伊織さん以外を好きになることなんて、あり得ない。伊織さんはもしも、私よりきれいで性格もよくて、種族なんて関係なく受け入れてくれる人があらわれたら、そっちを好きになる？」

「いいえ。私が愛しているのは、揚羽さんだけです」

直球に、揚羽は思わず続く言葉を呑《の》み込んでしまった。こうも面と向かって愛の言葉を告げられると、嬉しさと気恥ずかしさでむず痒《がゆ》い。ゴホン、と咳払《せきばら》いし、改めて口を開く。

「私もおなじ。どんなに素敵な人があらわれたって、伊織さんを好きな気持ちに変わりはないよ」

そもそも、揚羽が伊織に恋したのは、十二歳のときだ。それからずっと片想いを続けてきたのである。心変わりするのであれば、そのあいだにほかの人間を好きになっていただろう。

「私はね、伊織さんの優しいところが好き。性格や、顔も。あと、意外とネガティブなところも。過保護すぎるところだって、それだけ大事にされてるって思えば嬉しい。手料理は食べられないかもしれないけど、点滴の作りかたを教えてくれれば、今度から私が作ってあげる。普通の人は手作りの点滴なんて使えないからね？」

ほかにも、伊織の好きなことを数えあげればきりがない。でも、伊織が不安に思うのであれば、その一つ一つを声にだして伝えよう。

昔、祖父に言われたように。

〝――できないことを嘆《なげ》くよりも、できることや得意なものを数えなさい〟

意味は違うが、いわゆる応用問題だ。人間の恋人とは違うところを嘆くのであれば、揚羽が好ましいと思っているところを告げればいい。何度だって、しつこいくらいに告げてやる。トゥーリだって、わかりあうのに六十年もかかったのだ。十年単位の長期戦になろうとも、覚悟のうえである。

「……点滴では、味がわかりません」

「じゃあ、胃袋を作るっていうのはどうかな。冬場限定で。あ、その場合は大腸《だいちょう》と小腸も必要になるか……。難しい？」

「いえ、そこまで面倒というわけでは――ふふ」

堪えきれず、といった様子で伊織が笑った。いまのどこに笑える要素があったのだろうか。伊織の感性がわからない。

「そうですね。揚羽さんの手料理を食べるためですから、頑張ります」

「私も美味《おい》しくて消化のいいものを、いまから練習しておくね」

どうせだったら、頰が落ちるくらい美味しいものを作りたい。揚羽が意気込んでいると、伊織が困ったように眉を寄せ、「ですが……」とつぶやいた。

「試作品《しさくひん》をほかの方に食べさせないと誓《ちか》ってください。特に雪生君はダメです」

——ああ、そうか。

揚羽が月歌に嫉妬していたように、伊織もまた雪生に対して嫉妬してくれていたのだ。

その事実に揚羽は頬を緩ませた。

「わかった。全部、私が食べる」

「冷凍保存するという手もありますよ」

「ええー、どうせならできたてを食べてほしいなぁ」

他愛のない会話に、胸がポカポカする。こんな風に、ゆっくりでいいから伊織とは温かな関係を育《はぐく》んでいきたい。

そのとき、不意に玄関のインターホンが鳴った。

リチャードがよく宅配を利用しているので、それかもしれない。手が離せないのであれば、揚羽がでたほうがいいのだろうが、と思った次の瞬間。

一階から、なにかが割れる音と月歌の悲鳴が響いた。

伊織は揚羽から素早く離れ立ちあがる。

「揚羽さんは、ここに！」

そう告げると、伊織は返事を待たずに部屋を飛びだして行く。さきほどまでの甘い空気など、あっというまに霧散してしまった。残された揚羽は、迷った末にこっそりと部屋をでた。

「こっそり見るだけなら、大丈夫だよね……」

考えられるのは、江崎組の誰かが月歌を連れ戻しにきた可能性だ。そこに鬼頭組の時雨がいれば、乱闘騒ぎになったとしてもおかしくはない。一階にはリチャードとディアナがいるので、最悪の展開にはならないだろうが、もし本当にそうなら、月歌と時雨の逃避行は厳しいと言わざるを得ない。

星野医院にいる限り手出しはできないが、一歩でも敷地からでればそこは伊織の管轄外。あっというまに捕まって、二人は離れ離れにされてしまうだろう。

足音を立てないように階段を降り、リビングルームへと向かう。

千秋か、それともほかの兄弟か——そう思って部屋を覗《のぞ》き込んだ揚羽は、そこにいた人物に目を見開いた。

「——棗《なつめ》さん？」

ハッとして口を押さえるが、相手の耳に届いてしまったらしい。棗は揚羽を振り返り、にっこりと笑みを浮かべた。

「やあ、揚羽。悪いが、今日は君に会いに来たわけじゃないんだ」

残念そうな口調で、棗は告げる。しかし、揚羽はその足下から目が離せなかった。棗が足蹴《あしげ》にしているのは、時雨だ。

月歌は壁際で震え、それをリチャードが背で庇うように立つ。しかし、その顔半分は血で赤く染まり、苦しげに肩で息をついている状態だった。カーテンが閉まった窓際には意識を失ったディアナが倒れている。

部屋のなかは、テーブルやソファーが吹き飛び、ガラスが割れ、まるで嵐が通りすぎたあとのような光景が広がっていた。

呆然《ぼうぜん》とする揚羽の視界を遮るように、伊織の白衣が映り込んだ。

「逃げてください、揚羽さん」

「待って。なんで、棗さんが——」

起きあがろうとした時雨の背を、棗の足が押し留める。苦しげに呻《うめ》く時雨の声に、月歌の悲鳴が重なった。

「混乱に乗じて足抜けしようとしている甥を、連れ戻しに来たんだよ」

「甥って……」

棗をよく見れば、違和感があった。

額から突きでる、一本の角。

それは時雨の額にあったものとおなじ。棗は人間ではなく——。

「俺はね、〝鬼〟なんだよ」

棗がそう告げた瞬間、伊織が仕掛けた。

手に握られていたのは、注射器——伊織特製の鎮静剤だ。しかし、それを察知していたかのように、棗は足下で動けずにいた時雨を片手で持ちあげ、盾とした。伊織は舌打ちし、素早く距離を取る。

「そうそう。大人しくしていなよ」

棗が手を離すと、時雨はふたたび地面に崩れ落ちた。そして、その背をまた、逃げられないように片足で押さえつけられてしまう。

「君たちに危害を加えたくはないんだよ。今日は鬼頭組の組長ではなく、プライベートでの訪問だから」

時雨を甥と呼んだときから、うすうす気づいていた。

まさか、亡き両親の親友が、鬼——しかも、鬼頭組の組長だったなんて。突然の事実に、揚羽は混乱しそうになる自分を叱咤《しった》した。

「鬼って、お父さんたちも知ってたの？」

「もちろん。彼らは知っていてなお、俺を受け入れてくれた」

懐かしむような口調だった。祖父だけでなく、両親まで人ではない者たちと繋がりがあったとは。揚羽がこちらの世界に足を踏み入れたのも、必然のような気がしてきた。

「本当は、ついでに揚羽につきまとう虫も叩き潰したいところだけど、君は厄介《やっかい》な知りあいが多いから。対策をこうじてからじゃなきゃ、ちょっとむりかな」

伊織のことを調べあげたのだろう。伊織の患者には、様々な方面に影響力を持つ人物もいるらしい。揚羽が睨むと、棗は困ったように微笑んだ。

「俺も別に偏見があって反対してるわけじゃないぞ。ゾンビだろうが、なんだろうが、そんなことはどうだっていいんだよ。揚羽。おまえはこちらの世界にかかわるべきじゃない。人間の男と恋愛して、普通の幸せを手に入れてくれればいいんだ」

「自分のことは、自分で決めます」

「頑固なところは父親譲《ゆず》りだね。この話はまた日を改めよう。いまは時雨の問題を片づけるほうが先決だから」

時雨の意識を奪おうとでも言うように、その背を踏む足により力を込める。苦しげなうめき声に、揚羽はとっさに伊織を押し退け棗に体当たりした。

棗は揚羽に乱暴なことはできない、という確信があったからだ。

渾身《こんしん》の力を込めてのタックルだったが、悔しいことに棗は微動だにしなかった。むしろ、嬉しそうに揚羽を抱擁する。

「やあ、このまま攫ってしまいたいなぁ」

「それはダメ！」

ぐいっ、と体を引っ張られる感覚があったかと思うと、いつのまにか揚羽の体は伊織の腕のなかに収まっていた。

「まったく、あなたという人は」

「ご、ごめんなさい」

しかし、揚羽の捨て身の特攻のおかげで足下が緩んだらしく、身動きが取れずにいた時雨は、棗から距離を取ることに成功していた。しかし、ダメージは深く、立ちあがることができない。膝をつきながら、時雨は己《おのれ》の叔父《おじ》を睨みつける。

「俺は鬼頭組を抜ける！」

「それは個人の自由だけど、おまえはダメだよ。先代の一人息子《むすこ》であるおまえは、次期頭領と目されている。でも、それだけじゃない。俺の体制に不満を持つ者たちにとっては、格好の獲物だ」

「だから、どうした。俺は組長になんてならない」

「奴らはおまえの意思なんて、どうでもいいんだよ。大義名分の旗印になれば、それでいい。俺としては、内輪揉《うちわも》めは面倒なんだ。混乱に乗じてつけ込んでくる奴らもいる。だから、時雨。おまえを手元に置いておく必要がある。そこの子がほしいなら、もう少し待ちな。江崎組を潰したら、その戦利品としてくれてやるから」

穏やかな口調だが、内容は物騒極まりない。リチャードに庇われる月歌は青白い顔で震えた。

「今回のことは見逃してあげよう。だから、自分の意思で戻るか、それとも俺に力尽くで連行されるか。好きなほうを選びな」

選べと言っているが、中身はおんなじだ。どちらにせよ、時雨は鬼頭組に連れ戻されてしまう。

「――そうはさせん」

揚羽の背後から声が聞こえた。

頭上を飛び越えるように、痩軀《そうく》の男――須賀野が棗に躍りかかる。上体を低くした姿勢は、まるで獣のようだ。しかし、それでも棗の余裕《よゆう》を崩すにはいたらない。猛攻、と呼んでも遜色ない攻撃をあっさりと躱し、須賀野の腕をつかんだと思った瞬間、その体を床に叩きつけた。

「江崎組？　にしては――」

棗が言い終えるまえに、須賀野の体が変化した。

スーツが弾け飛び、巨大な狼が姿をあらわす。プールサイドで目撃した、あの巨狼だ。でも、おかしい。雪生は須賀野のことを、化け狐だと言っていた。

「うん。やっぱり、その傷。見覚えがあると思ったら、おまえうちにいた奴だよね？」

「グルルルッ！」

須賀野は返答の代わりに、棗の腕に噛《か》みついた。

ミシミシ、と嫌な音が響く。しかし、棗は痛みを堪える素振りも見せず、しげしげと間近で巨狼を見つめた。

「種族は確か、狗賓《ぐひん》だったか。天狗《てんぐ》たちから捨《す》て駒《ごま》扱いされて、処分されたと思っていたけど、まさか江崎組に拾われていたなんてね」

言い終えると同時に、須賀野が振り払われる。嚙みつかれていたはずの腕には、辛《かろ》うじて歯形が残るだけ。普通ならば嚙み千切《ちぎ》られてもおかしくはないのに。須賀野は体勢を整え、時雨を庇うように棗とのあいだに立ちはだかった。

え、と揚羽は声にださずにつぶやく。

時雨を襲った須賀野が、なぜその当人を庇うのか。それに気づいたのは棗もおなじで、不思議そうに首を捻る。

「うちが憎いから時雨を襲ったと思っていたけど……ああ、そうか。逆だ。時雨を死んだと見せかけて、その子と逃がそうとしたんだね」

月歌と時雨は、なにも言わない。須賀野は千秋と月歌に拾われたと聞いていた。だから、出世には興味《きょうみ》を示さず、千秋の部下であることを望んだ。そして、おそらく、おなじくらい月歌にも感謝していたのだろう。

「残念だったな。あと少しで逃げられたかもしれないのに」

須賀野をもってしても、棗を退けることは叶《かな》わなかった。なんとかして、時雨と月歌を逃がすことはできないのだろうか、と揚羽が思ったとき。巨狼を押し退けるようにして、時雨が立ちあがった。

「……俺は組を継がない。もとから、親父のことは嫌いだった。奪うことしかできない鬼という種族も。いつか逃げだしてやると、そう決めていた」

「なら、もっとはやく実行すればよかったのに。ああ、母親が足枷《あしかせ》だったのかな。彼女が亡くなるまではって、留まっていたわけだ。あの人も、むりやり攫われてきた口だったからね」

母親のことを指摘された時雨は、悔しげに唇《くちびる》を震わせた。

「鬼頭組は力がすべて。あんたが親父をくだして組長の座をつかんだように、実力さえあれば認められる。だったら、力がなくなれば――いくら先代の息子とはいえ、鬼としての力を失った者を担ぎあげようとする愚《おろ》か者《もの》はいないはずだ」

「時雨？」

棗の目が訝しげに細められる。

「月歌は俺のために、大事な――命よりも大事な家族を捨ててくれた。だから、俺もそれに応える。これが俺の覚悟だ！」

時雨の両手が、己の額から生える角をつかむ。

ボキッ、と鈍《にぶ》い音が響いた。

手のひらから、折れた二本の角が転がり落ちた。

月歌の悲鳴。時雨の体が力を失ったように、床に崩れ落ちる。棗を警戒して動けずにいた伊織が、白衣を脱いで止血するよう額に押しつけた。

「なんてことを。角を折るなんて！」

丸められた白衣があっというまに赤く染まる。時雨は意識を失ったのか、固く目を閉ざしたままぴくりとも動かなかった。リチャードの制止を振り切った月歌が時雨の体に覆い被さり、必死でその名前を呼び続ける。

「……鬼にとって、角は第二の心臓《しんぞう》です。角を折った者は、その大半が亡くなります。奇跡的に生き延びたとしても、力は失われてしまうでしょう」

説明しながらも、伊織は手を止めない。止血点を圧迫《あっぱく》し、少しでも出血を止めようと奮闘する。これにはさすがの棗も、唖然《あぜん》とした表情で時雨を見た。やがてそれは、呆れたような表情へと変わる。

「確かに、力を失ったおまえを担ぎあげる者はいないだろうよ」

そう言って、棗は床に転がっていた時雨の角を二本、拾いあげた。そして、臨戦態勢を取る須賀野に向かって片手をあげる。

「俺が時雨を連れ戻す意味はなくなった。ちょうどいい。遺体の代わりにこれを見せれば、うるさい奴らも納得するだろう。血の繋がった甥のことは、それなりに可愛がっていたんだ。プライベートで連れ戻しに来るくらいにね」

やれやれ、と肩を落として、服についたホコリを払う。それから去り際に、「驚かせて悪かった」と揚羽の頭をひと撫でし、部屋をでて行ってしまった。我に返った揚羽は、応急処置を施す伊織に駆け寄る。

「時雨さんは！」

「出血が酷《ひど》いため、すぐに手術する必要があります。輸血が難しいのが痛いですね……。リチャード、彼を運べますか？」

すると、須賀野が鼻先で伊織の腕を押した。体を低くし、自分の背に乗せるようアピールする。

「あなたも治療しなければいけないほどのケガですが……。そのほうが、はやいでしょうね。揚羽さんは月歌さんとディアナをお願いします。ディアナは気を失っているだけで心配はありません」

「わかった」

揚羽は頷いて、月歌の肩をつかみ時雨から引き離した。リチャードが時雨を持ちあげ、須賀野の背に乗せる。そして、カーテンを裂《さ》いて体を固定した。四人を見送ったあと、揚羽は安心させるように月歌に告げた。

「大丈夫。伊織さんは名医だから、きっと時雨さんを助けてくれるよ」

「ああ……、私、私」

「それに時雨さんだって。月歌さんを残していったりしない。絶対に」

時雨が無謀な賭《か》けにでたのも、きっと伊織がいたからだ。伊織なら自分を助けてくれる。そう思ったから。月歌が落ち着いたことを確認し、揚羽はディアナを抱き起こした。

「……揚羽様」

「ディアナちゃん、気づいた？」

「あ、あの男、は」

「もう大丈夫だよ。伊織さんとリチャードさんも無事。いまは時雨さんの手当で、診療所に向かったところ。頑張ったね、ディアナちゃん」

「はい。……よかった」

ディアナの目から、涙が零れ落ちる。抱きついてきたディアナの背を、落ち着かせるように撫でた。

「月歌さんも、具合は大丈夫ですか？」

「……ええ」

月歌はさきほどの取り乱した様子が嘘《うそ》のように、落ち着きを取り戻していた。床に正座し、決意を滲《にじ》ませた目で揚羽を見る。

「揚羽さん。私は逃げることを止めます」

「それって、江崎家に戻るってことですか？」

「いいえ。なにがあっても、私は時雨から離れません。そう決めました」

その決意の理由を知るのは、数日後のことだった──。


すっかり元通りになったリビングルーム。

そこには、月歌と千秋がいた。揚羽と伊織は二人用のソファーに座り、千秋の背後には片腕にギプスを嵌めた須賀野が立つ。壁際にはリチャードが控えていた。もちろん、時雨は不在《ふざい》で、ディアナは別室で乱入防止の監視役を務めている。

「私は江崎家をでます。縁を切るように、と父には伝えてください」

「バカなことを言うな。いまなら、まだ──」

「千秋も気づいているのでしょう？　私が駆け落ちしようとした相手は、鬼頭組の組長の甥です」

「だから、どうした。別れればいいだけの話だろう」

千秋はいつもと変わらず不遜《ふそん》な態度で告げた。どうやら、月歌と時雨の関係──それに時雨の正体も──知っていたらしい。おそらく、須賀野が告げたのだろう。

「いいえ。私のお腹《なか》には、あの人の子供がいます」

千秋が思わず腰を浮かしかけた。さすがにそこまでは知らなかったらしい。びっくりするよね、と揚羽は心のなかで千秋に同情する。今朝、妊娠の事実を聞かされたとき、揚羽も大声をあげるくらい驚いたものだ。月歌を診察した伊織は知っていたそうだが、個人情報のため告げられなかったそうだ。

月歌が頑《かたく》なにかかりつけ医を拒んだのも、妊娠を知られてしまうと思ったから。江崎家に戻らなかったのも、中絶を強制される可能性を怖れてのことだった。

「私はずっと病弱で重荷にしかなれない自分が嫌いでした。せめて、家族の望む結婚をして、江崎家に貢献することだけが恩返しになると、それだけを考えて生きてきました。でも、あの人に会って、ともに生きる夢を見てしまった。それが、家族への裏切りだと知ってもなお、諦めることはできなかった」

月歌の目から、一筋の涙が伝った。

「お父様は絶対に私を許しはしないでしょう。組の長としても、許せるはずがありません」

「それは……」

「ごめんなさい、千秋。どうか、江崎家のみなさんには、真実をありのまま伝えてください。……雪生にも」

千秋はなにかに耐えるように、拳《こぶし》を握りしめる。やがて、無言でソファーから立ちあがった。なにも言わずにでて行こうとした千秋を、それまで沈黙を守っていた須賀野が

「自分も江崎組に戻るわけにはいきません」と、呼び止める。

「なんのことだ」

「月歌様の逃亡に手を貸しました」

須賀野はもともと鬼頭組の構成員で、仕事でヘマをして処分されそうになっていたところを、まだ幼かった時雨に逃がされたらしい。その恩を返すために、月歌と時雨の駆け落ちを手伝うことにしたそうだ。

時雨を襲ったのも、死亡したことを装《よそお》うため。その際に負ったケガは、自らも狼に襲われたことにして誤魔化した。そのあいだ、時雨は須賀野が匿っていた。しかし、その途中で月歌に会えないことに痺《しび》れを切らした時雨が脱走。須賀野は匂いを辿るため、狗賓の姿になって時雨を探し回っていたそうだ。それを聞いたときは、思わず須賀野に同情してしまった。

須賀野の告白に、千秋は無愛想に応じる。

「だから、なんのことだと言っている」

「ですが」

「おまえは俺の右腕だ。いなくなっては困る」

「は、はい……！」

目を潤ませるようにして、須賀野は頷いた。須賀野は江崎組では本来の種族ではなく、化け狐で通っているらしい。狗賓は天狗の縁戚にあたるので、鬼頭組との関係を勘繰られないためだ。だから狼男の噂がでても、誰も須賀野と結びつける者はいなかった。それを知っているのは、千秋と月歌、それに組長である彼らの父親だけ。

どうやら、狼男は謎のまま迷宮入りになりそうだ。

リビングルームをでようとした直前、千秋は室内を振り返り、

「須賀野の治療費は、あとで届ける」

と、ぶっきらぼうに告げた。玄関の扉が閉まる音が響いたと同時に、ハッと我に返った月歌が伊織に向かって勢いよく頭をさげた。

「もうしわけありません。千秋は礼儀にはうるさいほうなのですが、無駄にプライドが高くて……！」

「構いません。それにあまり興奮《こうふん》しないでください。ようやく安定期に入ったばかりとはいえ、お腹の子に響きますよ」

「月歌！」

呼びに行くまで我慢できなかったのか、上着をつかんで引き留めようとするディアナを引きずりながら、時雨がリビングルームに飛び込んできた。時雨も今朝、月歌の妊娠を知らされたばかりなので、気が気ではないのだろう。千秋との話しあいにも、同席す

ると言って聞かなかったくらいだ。

「それはこちらの台詞です。時雨さんは、まだ安静にしなければならないのですよ？」

伊織が呆れたような声で告げる。

一時は、意識不明の重態に陥《おちい》った時雨だったが、伊織の尽力により一命を取り留めた。しかし、角が失われたことで、鬼としての力は失われてしまった。本人はそのことを気にした様子もなく、月歌と子供たちと一緒に生きられるなら、と笑っていた。

時雨は月歌のとなりに座り、全身を眺《なが》め回し無事を確認する。それに月歌は、困ったような、それでいて嬉しそうな笑みを浮かべていた。ディアナはいまいち二人に共感できないのか、複雑な眼差しを向けている。

「ちょうどいいので、このまま今後のことを話しあいましょうか」

そう話を切りだした伊織に、月歌と時雨は表情を硬くした。

「月歌さんは退院していただいて結構です。時雨さんは……あと二、三日は様子見したいところではありますが、元気があり余っているようなので大丈夫でしょう。リチャード」

すかさずリチャードが、一通の封筒を時雨に手渡した。時雨は中身を確認し、次の瞬間、電池が切れた機械のように固まる。

「お二人にかかった医療費です」

よほど高額だったのだろう。数字を数える時雨の額には、玉のような汗が浮かぶ。それを覗き込んだ月歌が、凛《りん》とした声で異を唱えた。

「お待ちください。これでは納得がいきません」

「正規の請求ですが？」

「いいえ。リチャードさんとディアナさんの治療費、ならびにみな様への慰謝料《いしゃりょう》。屋敷の修繕費《しゅうぜんひ》も足してください」

「つ、月歌！」

「私たちのことでご迷惑をかけたのですから、これくらいは当然です」

頑として譲らない月歌に、時雨の顔面は真っ青だ。まだこれからさきのことは、なに一つ決まっていない段階で、借金だけを背負うことになってしまった。対照的な二人に対し伊織は、「でしたら、提案があります」と言って話を切りだした。

「お二人がよければ、星野医院で働きませんか？　月歌さんは事務員。時雨さんは庭師として。時雨さんについては、有事の際に揚羽さんのボディガードもお願いします。医療費につきましては分割払《ぶんかつばら》いも可能ですので、月々の給料からの天引きという形になります」

揚羽はそれに、内心で「ふふふ」と笑った。

二人を雇うことについては、伊織から事前に相談を受けていた。時雨は力を失ったとしても、人間相手ならばまず負けることはない。月歌も事務仕事なら、体に負担をかけることもないだろう。そして、月歌と時雨ならば、揚羽も大歓迎である。

「福利厚生もしっかりしておりますし、給与も悪くありません。住居については、部屋も余っているので住み込みも可能です」

「で、ですが、それでは江崎組と鬼頭組を敵に回してしまうのでは？」

恐る恐るといった様子で、月歌が訊ねる。それに同意するように、時雨も頷いた。

「鬼頭組は、もう敵に回したも同然なので今更ですね。江崎組と月歌さんは絶縁したので、そちらも問題はないでしょう。制限があるとすれば、しばらくは、外出を控えていただくことくらいです。それにここをでて、行く当てはありますか？」

時雨が亡くなったことになっている鬼頭組はまだしも、江崎組は千秋と話をしたにすぎない。追手が来ないとも限らない状況下で、身重の月歌を連れて逃げるのは難しいだろう。

「俺も庭師なんて、やったことはない」

「そこは師をつけます。私が経営する星野植物研究所で、みっちりと扱《しご》かれれば一流の庭師になれますよ。期限は医療費、ならびに追加された金額を支払い終えるまで。継続するかどうかは、そのあとでまた話しあいましょう」

こうして星野医院には待望の従業員が二人、増えたのだった。

揚羽は、まだ話が続いているリビングルームを抜けだし、キッチンで一人、コップに注いだ水を飲んでいた。

現在、議題にあがっているのは、月歌と時雨が住む場所だ。子供が産まれることを考え、自分たちが暮らしている離れを提供するというリチャードに、さすがにそれはできないと遠慮する月歌。いっそのこと、土地は余っているのだから、別棟を建ててしまおうという伊織。時雨は興奮する月歌にハラハラし通しで、ディアナはわれかんせずと給仕に徹《てっ》していた。

揚羽としては、一番関係のないポジションにいるため、みんなが納得できる形に落ち着けばいいかな、という程度である。

「でも、化け狸の赤ちゃんて、どんな感じで産まれるんだろ……」

すでに人間の姿を取っているのか、それとも狸のままか。いや、父親が鬼なので、そちらの血を色濃《いろこ》く継いでいる可能性もある。その場合、妊娠期間にも違いがでてくるのだろうか。

「――見た目は狸そのままですよ」

「うわっ、伊織さん聞いてたの？」

「驚かせてしまい、もうしわけありません。色々と調べてみましたが、化け狸や狐の赤ん坊は、動物の姿を取って産まれるようです。だいたい、三、四歳ほどで人間に化けられるようになるみたいですね」

「そうなんだ。って、そういえば伊織さんは、赤ちゃんを取りあげた経験は……」

「もちろん、何度もございますよ。もっとも、一族で固まって暮らしている方々は、出産の際に医師を必要とはしませんが、逆子《さかご》やアクシデントから出産がはやまった場合など、緊急で運び込まれて来ることは珍しくはありませんでした。人間用の保育器にも、だいぶお世話になりましたよ」

日本に来てからは、まだそういったケースはありませんが、と伊織はつけくわえた。なんとなく、リビングルームに戻る気にはなれず、揚羽はキッチンの椅子に座った。伊織もおなじように、揚羽と並んで椅子に腰をおろす。

「そういえば、お礼を言わなきゃと思って」

「なにかありましたか？」

「月歌さんと時雨さんのこと。雇ってみたいけど、どうだろうって相談してくれたでしょ。あれ、すごく嬉しかった」

揚羽は星野医院の従業員でもないため、本来ならばわざわざ伺いをたてる必要はない。

しかし、伊織は揚羽の意見も取り入れようとしてくれた。時雨は庭師の仕事もできるのではないだろうか、と提案したのは揚羽である。

「言葉を交わすということの重要さを、揚羽さんから学びましたから」

「うん。私も」

――言葉にしてほしい。

種族は違うかもしれないけど、言葉は通じる。言葉が通じれば、わかりあえる。だから、教えてほしい。不安に思ったら、言葉にして。嬉しいと思ったら、そう言って。自分もまた、たくさんの言葉にして伝えるから。

「大好きだよ」

「揚羽さん？」

「いま無性にそう思った」

そう告げれば、伊織は諦めたように溜息をついて、強い力で揚羽を抱き締めた。嬉しくて、揚羽は顔をあげ、伊織の唇に触れるだけのキスを贈った。たったそれだけなのに、心が暖かくなる。

「二十歳になったら、このさきも解禁オーケーだから」

「………それは、私の心と体の準備が整ってからということで」

「じゃあ、私の誕生日までには整えといてね」

　強引ではあるが、伊織の決意が固まるまで待っていたら、それこそ十年単位の長期戦になってしまうだろう。体を強張らせた伊織だったが、「……善処します」と言って揚羽の額に唇を落とした。

「ふふふっ。じゃあ、そろそろ戻る？」

「……いえ。できれば、もう少しこのままで」

背に回された腕に力が籠《こ》もる。そんな小さなわがままさえもが愛おしい。リビングルームでは、未だに新居の問題で白熱しているようだが、どさくさに紛れて伊織と寝室《しんしつ》を一緒にできないものか、と揚羽は密《ひそ》かに考えを巡《めぐ》らせるのだった。

本作品は書き下ろしです。
またこの物語はフィクションです。実在する人物、団体等とは一切関係ありません。

中公文庫

私《わたし》の彼《かれ》は腐《くさ》ってる2

2020年11月25日　初版発行

著　者　九《く》条《じょう》 菜《な》月《つき》

発行者　松田 陽三

発行所　中央公論新社
〒100-8152　東京都千代田区大手町1-7-1
電話　販売 03-5299-1730　編集 03-5299-1890
URL http://www.chuko.co.jp/

ＤＴＰ　ハンズ・ミケ
印　刷　三晃印刷
製　本　小泉製本

Published by CHUOKORON-SHINSHA, INC.
Printed in Japan　ISBN978-4-12-206988-6 C1193